你好，苏东坡

王水照　朱刚　蒋勋　等著

北京联合出版公司
Beijing United Publishing Co.,Ltd.

只 为 优 质 阅 读

目 录

常羡人间琢玉郎，天应乞与点酥娘。自作清歌传

皓齿，风起雪飞，炎海变清凉。　万里归来年愈

少，微笑，笑时犹带岭梅香。试问岭南应不好，

却道此心安处是吾乡！

东坡的交游

莫砺锋

东坡性情忠厚，胸襟开阔，性格坦荡，他总是以充满善意的眼光去看待别人，曾说："吾眼前见天下无一个不好人。"他与三教九流都有交往，声称："吾上可以陪玉皇大帝，下可以陪卑田院乞儿。"的确，上至达官贵人，下至平头百姓，东坡都能与他们推心置腹。近在京畿都邑，远至天涯海角，东坡的交游遍布天下。古人说："不知其人视其友。"在我们走近东坡之前，先来看看他平生交了些什么朋友吧。

一　前辈的忘年之交

东坡早慧，幼年读书时就得到塾师刘巨、史清卿的赏识。但是最早洞察东坡的过人才识且预见到他的远大前程的前辈则是时任益州（今四川成都）知州的张方平。张方平本人也是个天才人物，他过目不忘，连《汉书》都只读一遍便能成诵。他礼贤下士，下车伊始便遍访贤才。当他发现苏洵以后，不顾自己与欧阳修原有嫌隙，写信向欧阳修推荐苏洵。至和二年（1055），年方二十岁的东坡随父亲到益州谒见张方平，张方平一见东坡，惊为天上的麒麟，当即以国士相待。苏洵与张方平商量，想让东坡兄弟先在蜀中应乡试，张认为这是"乘骐骥而驰闾巷"，力劝苏洵让二子直接赴京应举。三苏赴京前，张方平还资助了盘缠。从此，东坡与比他年长二十九岁的张方平结成忘年之交。

张方平与东坡都反对王安石的新法，但是两人的友谊主要建立在才识、胸襟方面互相钦佩的基础上。张方平非常欣赏东坡的见识和文笔，他本人虽也擅长作文，但熙宁十年（1077），张方平想劝阻朝廷与西夏开战时，还是请东坡代他撰写谏书。此书奏上朝廷，神宗非常重视。五年后宋军进攻西夏导致了"永乐之败"，神宗还回想起这封谏书来。元丰八年（1085），年近八旬的张方平请东坡为他整理文集，并谦虚地让东坡"删除其繁冗，芟夷其芜秽"。而东坡也当仁不让，费了数年之力为张方平编集，并撰写了序言。东坡在序言中自称"门生"，张认为不敢当，一定要把这两字删去，所以传世的《乐全先生文集叙》中没有"门生"这个词。

张方平既是东坡的识拔者，也是他的患难之交。元丰二年（1079），东坡遭遇了乌台诗案，当时形势险恶，人们避之唯恐不及。早已退休闲居在南京（今河南商丘）的张方平却奋不顾身地上书朝廷，营救东坡。书中盛赞东坡之才德，并指出东坡"但以文辞为罪，非大过恶"，请求朝廷予以宽恕，最后表明自己"僭越上言，自干鼎钺"的态度。张方平托南京的地方政府递交此书，可是官员不敢接受。于是他让儿子张恕亲赴汴京，到登闻鼓院去击鼓投书。没想到张恕是个懦弱之人，他来到登闻鼓院的大门口，看到守卫森严，心中害怕，徘徊再三，竟不敢上前去投书。东坡出狱后，看到此书的副本，吓得吐舌不已。原来此书义正词严，如果到了那帮忌贤害能的御史以及不满东坡名声太高乃至与朝廷争胜的神宗手中，说不定会使他们恼羞成怒而变本加厉呢！话虽这样说，张方平对东坡的满腔爱护之心毕竟是感人的。东坡被定罪后，张方平也因与东坡的交往而受到牵连，罚铜三十斤。但是这丝毫没有影响二人的友谊，他们的忘年之交是始终不渝的。

东坡十分感激张方平的知遇之恩。在张方平闲居南京的岁月中，东坡每次路过南京，都要去看望他，有明确记载的就有五次。每逢张方平的生日，东坡都要写诗祝贺，并寄去一些礼物以表心意，有时是一根铁拄杖，有时是两条竹席。元祐六年（1091），张方平去世，临终前还惦记着东坡兄弟。正在颍州（今安徽阜阳）的东坡用师生之礼缌麻三月，又到荐福禅院去进行哀吊。东坡不但为张方平撰写了墓志铭，而且一连写了三篇祭文，来抒发对这位前辈的深切怀念。

欧阳修是东坡的恩师。嘉祐二年（1057），欧阳修主持礼部贡举，他决心乘此机会打击险怪诡异的"太学体"，以此倡导平易朴实的文风。这年贡举的"论"的题目是"刑赏忠厚之至"，协助主考阅卷的编排详定官梅尧臣得到一份说理畅达而文从字顺的卷子，立即推荐给欧阳修。欧阳修看了十分惊喜，由于当时试官们看到的卷子都是经过糊名和誊录的，根本无法知道考生的姓名，欧阳修怀疑这份卷子出于门生曾巩之手，为了避嫌，就把它抑置第二。省试发榜，梅、欧激赏的那份试卷的作者东坡名列第二。一个年方二十二岁的远方举子竟然巍然高中，而当时名噪一时的太学生刘几等人却纷纷落榜，于是舆论大哗，落榜的考生甚至在街头围住欧阳修高声诟骂，还有人散发"生祭欧阳修文"来诅咒他，但是欧阳修不为所动。及至殿试结束，金榜高张，东坡仍然名列前茅，举子们的议论才逐渐平息。从此，欧阳修与东坡结下了不同寻常的师生缘。

欧阳修是名符其实的一代宗师，他不但在文学、史学、经学、金石学、目录学诸方面都取得了非凡的成就，是当时公认的文坛领袖，而且非常注意培养后进，门下人才济济，形成了北宋成立以来的第一个文化高潮。欧阳修发现东坡以后，欣喜之情溢于言表，他对梅尧臣说："取读轼书，不觉汗出，快哉，快哉！老夫当避路，放他出一头地。"他甚至对儿子们预言，三十年以后，就没人再提起自己了，意即自己在文坛上的地位即将被东坡超越。一位年过五旬的文坛盟主如此评价比自己年轻二十九岁的后进，这是何等的远见卓识，又是何等的坦荡胸怀！

早在家乡的私塾中读书时，东坡就十分敬仰欧阳修等一代名臣。东坡十岁时，苏洵读到了欧阳修的《谢对衣金带鞍辔马状》，让东坡仿作一篇，东坡写出了下面两句："匪伊垂之带有余，非敢后也马不进。"苏洵大为欣赏。东坡进士及第之后，欧阳修的识拔和奖掖使他充满了感激之情。东坡终生敬重恩师，一直与欧阳全家保持着亲密的关系。欧阳修去世后，东坡多次到颍州去看望欧阳修的夫人，他与欧阳修的儿子欧阳棐、欧阳辩成了不拘形迹的好友。他还与欧阳家结为婚姻之好，让次子苏迨娶欧阳修的孙女为妻。扬州（今江苏扬州）的平山堂，颍州的西湖，凡是欧阳修留下足迹的地方，都使东坡低回流连，依依不舍。"每到平山忆醉翁"，这句淡淡道出的诗句中包含着东坡对恩师的无限深情。

当然，东坡对老师的最好报答是总结其学术，传承其事业。元祐六年（1091），也就是在欧阳修去世十九年之后，东坡为恩师的文集作序，他高度评价欧阳修在宋代文化史上的杰出地位，指出欧阳修在学术上的成就是"论大道似韩愈，论事似陆贽，记事似司马迁，诗赋似李白"，又指出欧阳修对宋代士人的人格精神的巨大影响："自欧阳子出，天下争自濯磨，以通经学古为高，以救时行道为贤，以犯颜纳谏为忠，长育成就，至嘉祐末，号称多士。"东坡还以当仁不让的积极态度对待欧阳修托付给他的历史使命，他对门人说："方今太平之盛，文士辈出，要使一时之文有所宗主。昔欧阳文忠常以是任付与某，故不敢不勉。异时文章盟主，责在诸君，亦如文忠之付授也。"欧、苏之间的薪火相传，既体现在诗文革新的事业上，也体现在为人处世的原则立场上，这是人格精神的传递，是北宋的文化史后浪催前浪地不断发展的内在动因。

东坡应进士考试的时候，当时任集贤殿修撰的范镇也是试官之一。与欧阳修一样，比东坡年长二十八岁的范镇也激赏这位年轻的后起之秀。熙宁三年（1070），范镇推荐东坡为谏官，朝廷不纳，东坡反而因此受到诬陷。范镇愤而上书为东坡辩诬，同时请求退休。东坡遭遇乌台诗案后，范镇奋不顾身地上书为东坡求情。东坡结案遭贬，范镇也被罚铜二十斤，但是两人交情依旧，书信往来不绝，范镇还一度劝东坡到许昌来结邻而居。元丰六年（1083），流放黄州的东坡因害眼病，一个多月闭门不出，于是传出了东坡病逝的谣言。退居许昌的范镇听到此讯，信以为真，放声大哭，并让家人马上带着赙金赶往黄州吊丧。家人认为此讯真伪莫辨，劝范镇先写封信去探听虚实，范镇才派人前往送信。东坡拆信一看，不由得失声大笑。范镇一生中几起几落，曾先后三次致仕。东坡每次都写信去祝贺他退休，因为东坡对范镇难进易退、恬于荣利的性格有深刻的理解和同情。范镇去世后，东坡不但写了祭文，而且一改常态为他撰写墓志铭。东坡文名盖世，求他撰写墓志铭的人非常之多，但他常常拒绝撰写那些"谀墓之文"，所以东坡一生中撰写的墓志铭寥寥无几。东坡为范镇撰铭，一方面当然是交谊深厚的原因，另一方面也是出于对范镇为人的敬重。当东坡在铭中叙述范镇"以道德事明主，阅三世，皆以刚方难合，故虽用而不尽"的生平遭遇时，他心中肯定会产生深深的共鸣。

张先是北宋的著名词人，他终生沉沦下僚，以诗酒自娱。熙宁四年（1071），三十六岁的东坡在杭州通判任上结识张先，当时张已是八十二岁的老人了。苏、张二人一见如故，正如东坡后来在祭张先文中所说："我官于杭，始获拥彗。欢欣忘年，脱略苛细。"四十六岁的年龄差距并未影响两人的友谊，张先极为欣赏东坡的才华，东坡也对张先的诗词给予很高的评价。张先年过八十还纳妾，东坡作诗以咏其事，诗中不无调侃之语："诗人老去莺莺在，公子归来燕燕忙。"可见两人的关系十分融洽。与张先这位词坛老宿的交游对东坡的文学创作产生了极大的影响，他开始关注词这种文体。东坡以前极少作词，可是与张先交游之后的熙宁六年（1073），他的词作数量突然上升到十首，次年进而上升到四十六首，成为他一生中写词最多的时期，这绝不是偶然的。东坡此期的词风也颇受张先的影响，例如《江神子·湖上与张先同赋时闻弹筝》的上片："凤凰山下雨初晴。水风清，晚霞明。一朵芙蓉，开过尚盈盈。何处飞来双白鹭，如有意，慕娉婷。"措辞立意，分明都带有张先词风的印记。

司马光是与东坡同进同退的政治盟友，也是识拔东坡的前辈大臣。早在熙宁二年（1069），司马光就推荐"文学富赡，晓达时务，劲直敢言"的东坡为谏官。两年后，司马光又上章称赞东坡，坦承自己"敢言不如苏轼"。东坡终生与司马光保持着亲密的关系，尤其是在旧党失势之时，两人互通声气，以节义互相勉励。东坡在密州修建了一座超然台，司马光曾寄诗题之。东坡也曾写诗题咏司马光在洛阳（今河南洛阳）的隐居之所独乐园，诗中对退居洛阳绝口不言世事的司马光的形象有极其传神的描绘："先生独何事，四海望陶冶。儿童诵君实，走卒知司马。持此欲安归，造物不我舍。名声逐吾辈，此病天所赭。抚掌笑先生，年来效喑哑。"

东坡与司马光的交谊建立在共同的政治信念的基础上，当彼此的政见产生分歧时，东坡也绝不唯司马光的马首是瞻。元祐元年（1086）旧党上台，司马光拜相，东坡也升任中书舍人。按理说久遭贬斥的东坡应该额手称庆了，可是他并不像司马光那样一意要废除全部新法，而是力主对新法也要择善而从。当他与司马光争论免役法的存废时，东坡据理力争，即使惹得性格固执的司马光怫然不悦也在所不顾。有一天东坡在朝廷里与司马光争得不可开交，他气呼呼地回到家里，连声大呼："司马牛，司马牛！"

当然，东坡与司马光的争论堪称君子之争，政见的分歧并未损害他们的友谊。司马光死后，东坡先作祭文，再作行状，又作神道碑，对这位品行卓绝的政治家给予极高的评价。

如果说上述五位前辈都堪称东坡的忘年之交，那么韩琦与东坡的关系就稍有不同。韩琦是朝中的元老重臣，虽然他也很赏识东坡兄弟的才华，但并未与东坡过往密切。治平二年（1065），英宗想擢用东坡为知制诰，时任宰相的韩琦却表示反对，认为东坡虽是优秀的人才，但资历尚浅，不可越次骤用。英宗又想让东坡与修起居注，韩琦也不同意，结果东坡只得到直史馆之职。有人用此事挑拨东坡与韩琦的关系，东坡却认为韩琦的做法是"君子爱人以德"。韩琦与东坡都是具有高风亮节的一代名臣，韩琦相当重视东坡，苏洵死后，东坡兄弟护送灵柩还乡，韩琦与欧阳修一样赠予丰厚的赙金，不过东坡都谢绝了。东坡对韩琦也始终敬重如一，韩琦曾想请东坡为家中的"醉白堂"写一篇记，未及开口就去世了。后来韩琦之子韩忠彦向东坡重申此意，东坡一口答应，认为"义不得辞也"。东坡的《醉白堂记》是一篇情文并茂的名文，文中充分褒扬了韩琦的功德，还说韩琦"急贤才，轻爵禄，而士不知其恩"，可见东坡对当初韩琦反对英宗破格擢用自己的事情心无芥蒂。元祐八年（1093），东坡出知定州（今河北定州），而定州曾是韩琦的旧治。东坡下车伊始便前往阅古堂祭告韩琦，对这位去世已近二十年的前朝元老表示深切的怀念。

二　推心置腹的知己

东坡的知心朋友中有两位以书画著称的人士：一是文同，他比东坡年长十八岁；二是米芾，他比东坡年轻十四岁。他们与东坡的交谊都始于对书画艺术的共同爱好。

文同是东坡于治平元年（1064）结识的朋友，当时东坡正在凤翔当通判，文同自蜀赴京路经凤翔，二人一见如故，从此定交。[1]文同多才多艺，东坡曾称道他有四绝：诗一，楚辞二，草书三，画四。文同引为知己之言，但事实上文同最擅长的艺术还是绘画，尤其精于墨竹。文同的墨竹最初并不为世人所重，经东坡品题后才名扬四海，文同因而把东坡视为唯一的知己。东坡本人也喜欢画墨竹，他衷心钦佩文同的画艺，诚心诚意地拜文同为师。两人常常交流心得，切磋画理，他们的交谊始终与画竹有关。

文同画竹出了名，四方之人捧了白绢登门求画，络绎不绝。文同应接不暇，极为厌烦，就把那些绢匹掷在地上，气冲冲地说要用它们来做袜子。此时东坡正在徐州（古称彭城）苦心钻研墨竹艺术，文同就写信给东坡说："近语士大夫，吾墨竹一派，近在彭城，可往求之。袜材当萃于子矣！"信后还附了一首诗，其中有句说："拟将一段鹅溪绢，扫取寒梢万尺长。"东坡抓住这句话，回信说："竹长万尺，当用绢二百五十匹。知公倦于笔砚，愿得此绢而

1　据《金石萃编》卷一六的著录，东坡为文同所作的《寄题与可学士洋州园池三十首》后署曰"从表弟苏轼上"，后人因此传说东坡是文同的表弟。孔凡礼在《苏轼年谱》中引此材料并加按语说："详考史实，苏、文实非中表。'从表弟'云云不过极言其亲近，非同一般。"孔说可从。此外，东坡在《祭文与可文》与《黄州再祭文与可文》中亦自称"从表弟"，可见两人关系之亲密。

已！"老实的文同自觉说错了话，复信认错："吾言妄焉，世岂有万尺竹也哉？"东坡又答了一首诗："为爱鹅溪白茧光，扫残鸡距紫毫芒。世间那有千寻竹，月落庭空影许长！"文同看了此诗，非常佩服东坡的机智，就把自己精心画成的那幅"此竹数尺耳，而有万尺之势"的墨竹寄赠给东坡。东坡收到这幅墨宝后，心犹未足，写信向文同索要更多的画："近屡于相识处，见与可近作墨竹，惟劣弟只得一竿。……专令此人去请，幸毋久秘。不尔，不惟到处乱画，题云'与可笔'，亦当执所惠绝句过状，索二百五十匹也，呵呵！"东坡与文同的来往书信，充满了幽默的谐谑之语，也洋溢着亲密无间的友情，这种推心置腹、不拘形迹的友谊是多么令人向往啊！

文同一度在洋州（今陕西洋县）为官，那里有个筼筜谷，漫山遍谷都是翠绿的竹子。文同早晚都在谷中观赏竹子，细心揣摩竹子在阴晴昏晓时的不同姿态。东坡认为文同所以画竹入神，原因在于"先得成竹于胸中"。应文同之请，东坡写了三十首诗来题咏洋州的园池，其中有一首专咏筼筜谷之竹："汉川修竹贱如蓬，斤斧何曾赦箨龙。料得清贫馋太守，渭滨千亩在胸中。"意谓文同家贫，又好美味，筼筜谷里的竹笋都要被他吃光了！东坡的书信送到的那天，文同刚巧与妻子同游谷中，还砍了几根竹笋做菜佐餐。他在晚餐桌上展开东坡的信，一下读到了这首诗，失声大笑，喷饭满桌。

元丰二年（1079）正月，文同在陈州（今河南淮阳）去世，正在徐州的东坡闻讯大恸，当即作文祭之。是年七月七日，刚到湖州不久的东坡趁着天晴曝晒书画，一眼看到了文同所赠的那幅《筼筜谷偃竹》，追怀故友，悲从中来。想到曹操在《祭桥公文》中回忆他与桥玄生前曾有"车过三步，腹痛无怪"的誓约的典故，东坡当即写了一篇《文与可画筼筜谷偃竹记》，追忆自己与文同谈笑谐谑、亲密无间的交谊，抒发永失良友的悲痛。

次年四月，文同的灵柩由其子文务光护送返蜀安葬，路经黄州。正谪居黄州的东坡见到亡友的灵柩，悲痛难抑，再一次作文祭之。其后，东坡只要一看到文同的遗墨，无论是墨竹还是草书，都要题写题跋，东坡心中永远铭记着这位亲如手足的亡友。

米芾的年龄与"苏门四学士"相仿，[1]但是他恃才傲

1　按：米芾比黄庭坚年轻五岁，比秦观年轻一岁，比晁补之年长三岁，比张耒年长四岁。

物，即使对心所敬重的前辈学者也不执弟子礼，[1]所以后人没有把他列于东坡门下。事实上米芾曾得到东坡的悉心指导，尤其是在书法方面。元丰四年（1081），年方三十一岁的米芾专程到黄州拜访东坡，两人谈书论画，十分投机。东坡劝告米芾写字要专学晋人，他还乘着酒兴画了墨竹和枯木怪石两幅图，当场赠送给米芾。米芾听了东坡的指点，从此努力搜罗晋人法帖，还把自己的书斋命名为"宝晋斋"。经过几年的临摹学习，米芾果然书艺大进。

此后，东坡与米芾虽不常见面，但书信往来不绝，既酬答诗文，也讨论书画。米芾性痴，东坡性豪，两人的对话非常有趣。元祐七年（1092），东坡任扬州知州，一天在席上与米芾相遇。酒过三巡，米芾忽然站起身来对东坡说："有一件事要对丈人说：世人都以米芾为'颠'，我想听听您的看法。"东坡笑着回答："吾从众。"众人哄堂大笑。然而事实上东坡对米芾的为人与才华都非常看重，东坡晚年自海南遇赦北归时写信给米芾，称道其"迈往凌云之气，清雄绝俗之文，超妙入神之字"，亟愿与他相见。建中靖国元年

---

1 《独醒杂志》卷五记载米芾之言："元丰中，至金陵识王介甫，过黄州识苏子瞻，皆不执弟子礼，特敬前辈而已。"

（1101），已经走到生命最后关头的东坡来到仪真（今江苏仪征），正在那儿办书院的米芾闻讯赶来相见。故人相逢，对酒夜话，米芾还取出他珍藏的名贵法帖请东坡题跋，又送来四枚古印请他鉴赏。可惜东坡过了几天就病倒了，但他听苏过朗诵米芾所作的《宝月观赋》后，还兴奋得从病榻上一跃而起，奋笔给米芾写信，称扬他的文字。东坡的病越来越重，米芾多次前来探问，还冒着酷暑亲自送来药物。在东坡病逝的半个月前，他还勉强提笔给米芾写了最后一封信，结束了两人长达二十年的笔墨之缘。

东坡与刘景文的交往过程，前后不足四年，然而他们的情谊非常深厚，可谓倾盖如故。刘景文出身将门，其父刘平在延州（今陕西延安）与西夏军作战被俘，不屈而死，所以东坡赞扬刘景文有"烈士家风"。元祐四年（1089），东坡出任杭州知州，时任两浙西路兵马都监的刘景文也在杭州，两人从此结交。刘景文虽是将门之后，本人又任武职，却博通史传，工诗能文。东坡更加看重的是刘景文重义轻利、慷慨豪爽的为人，两人一见如故，十分投机。他们在杭州常相过从，可惜第二年东坡就离开了杭州。

元祐六年（1091）的重九日，东坡正在颍州，刘景文千里寄诗，亲切地问候东坡说："四海共知霜鬓满，重阳曾插菊花无？"东坡看了大喜，作诗回答说："一篇向人写肝肺，四海知我霜鬓须。"两个月后，刘景文由于东坡的大力荐举而调任隰州（今山西隰县）知州，赴任途中迂道到颍州来访问东坡，相聚十天，东坡写了一首长诗描写刘景文的来访给全家带来的喜悦："天明小儿更传呼：髯刘已到城南隅！尺书真是髯手迹，起坐熨眼知有无。"他甚至说自己的心情是："我闻其来喜欲舞，病自能起不用扶。"这种真诚深挚的友情，是多么感人！

次年（1092），刘景文在隰州任上去世。噩耗传来时，东坡已调任扬州。他听说刘景文身后凄凉，不但妻儿饥寒，而且无力归葬，就立即上奏朝廷，为刘景文请求赙赠。在东坡的生活中，刘景文就像一颗来去匆匆的彗星，东坡永远怀念这位肝胆相照的好友。

陈慥，字季常，以字行。说到陈季常与东坡的关系，先得从其父陈希亮说起。嘉祐六年（1061），年方二十六岁的东坡来到凤翔府任签判。知府宋选很看重东坡，两人的关系相当融洽。一年半以后，宋选罢任，陈希亮来代。这位新来的上司是东坡的同乡世交，年辈则比苏洵还高，照例说应给东坡以更多的关照。可是陈希亮是个面目严冷、刚愎自用的人，他在东坡面前摆出一副长官和长辈的双重架子。有时东坡前去谒见，陈希亮许久不出，东坡尴尬地干坐等候，又不敢擅自离去，心中很苦恼。有一年的中元节，东坡偶然没有到知府厅去贺节，陈希亮居然把此事上报朝廷，结果东坡受到罚铜八斤的处罚。有时东坡为官府撰写斋醮文、祈祷文，都是一些无关紧要的官样文字，可是草稿上呈后，陈希亮总要涂抹删改，然后发还东坡重写，甚至往返数次，仿佛东坡连这样的文字都不能胜任。更可笑的是，东坡曾应"贤良方正能直言极谏"科的制举并得中高第，[1]有些官吏就称东坡为"苏贤良"，就像现代人所说的"某博士"一样，这本是一种极为平常的礼貌性称呼，不料陈希亮听了勃然大怒，呵斥说："一个府判官罢了，什么苏贤良！"并当着东坡的面把那个官吏痛打一顿，让东坡十分难堪。年少气盛、风华正

---

1 嘉祐六年（1061），东坡应制举入三等。按北宋的惯例，制科虽分五等，但上二等都是虚设的，终宋之世从未实授。即使是三等，在东坡之外也仅有吴育一人获此殊荣。东坡所应的制举科目，《宋史》本传和《宋会要辑稿》卷一一一册《选举》一一之八都说是"贤良方正能直言极谏"科，然欧阳修的《举苏轼应制科状》和王安石的《应才识兼茂明于体用科守河南府福昌县主簿苏轼大理评事制》等文中却说东坡所应的是"才识兼茂明于体用"科。对此，孔凡礼《苏轼年谱》中认为"盖二者乃一科"，今从孔说。

茂的东坡当然心中不平，况且他赋性耿直，遇事敢言，便不免常与陈希亮意见不合，甚至公然争议，形于言色。虽然后来陈希亮自称他对东坡不假辞色，是出于担心东坡因少年暴得大名而骄傲自满，所以有意挫其骄气，但是这种用意过于深曲的矫治毕竟是常人难以忍受的。可以说，在凤翔遇到陈希亮这位难相处的上司，是东坡初入宦海时的最大烦恼。后来东坡应陈季常之请为其父作传，且颇有好评，这固然是东坡不念旧恶，但也是却不过陈季常的面子的缘故，因为陈季常确是东坡的一位贴心朋友。

陈季常是陈希亮的幼子，他虽然出生于官宦之家，却不乐仕进，是一位仗义疏财的豪侠之士。他后来隐居在光州（今河南潢川）、黄州一带，自号"方山子"。嘉祐八年（1063），东坡在凤翔与陈季常相识。十九年后，东坡作《方山子传》，对当年邂逅陈季常的情景记忆犹新："余在岐下，见方山子从两骑，挟二矢，游西山。鹊起于前，使骑逐而射之，不获。方山子怒马独出，一发得之。因与余马上论用兵及古今成败，自谓一世豪士。"如此英武豪放的一位奇士，在北宋那种文治发达而尚武精神极其匮乏的社会里，简直是凤毛麟角。更出奇的是，十七年后东坡被贬黄州，途经岐亭巧遇陈季常时，他已经豪华落尽，变成一位安贫乐道的隐士了。虽然陈家在洛阳有富丽堂皇的园林，在河北还有广袤的田产，陈季常却弃之不顾，独自隐居在岐亭的一所环堵萧然的茅屋里，他的妻儿、奴仆也悠然自得地与他一起过着简朴的生活。

元丰三年（1080）一月下旬，东坡被御史台的差役解往黄州。刚过麻城（今湖北麻城），来到岐亭附近，忽然看到有人骑着白马从山上奔驰而来，还频频向自己招手，原来来人正是陈季常。故人相逢，感慨万分。虽然此时的东坡是戴罪之身，陈季常仍然热情地邀请他到家做客，一住就是五天。对于刚从御史台监狱死里逃生、将要流放到举目无亲的异乡去的东坡来说，陈季常的友情无异于大旱之后的第一滴甘霖。东坡到达黄州后，陈季常时时前来探望，有文字记载的就达七次。当年七月，陈季常首次来访。大概他的江湖名声尚有余威，黄州的豪侠人士争相宴请之，并邀请他到家中留宿。可是陈季常一概谢绝，宁愿住到东坡栖身的临皋亭去，与东坡一起挤在那间酷热难当的西晒房里。毫无疑问，在当地颇有影响的陈季常时时来访，对改善东坡的处境是不无益处的。此外，此时的陈季常尽管不很富裕，仍力所能及地给予东坡一些物质援助，所以东坡写信致谢说："至自割瘦胫以啖我，可谓至矣！"岐亭距离黄州不很远，东坡也曾三次前去看望陈季常。两人推心置腹，不拘形迹，以至于东坡对陈季常的家庭生活也十分熟悉，曾写诗嘲笑他的惧内："忽闻河东狮子吼，拄杖落地心茫然。"[1]

元丰七年（1084），东坡遇赦离开黄州。陈季常专程前来送行，并随着东坡一起上路，一直送到九江（今江西九江）附近，才依依不舍地告别返家。此后两人书信不断，陈季常还曾到汴京看望东坡。东坡晚年被贬到惠州，陈季常曾

---

[1] 东坡的这两句诗见于《寄吴德仁兼简陈季常》（《苏轼诗集》卷二五）。南宋洪迈《容斋三笔》卷三中说"河东"是指陈季常的妻子柳氏，并引黄庭坚在元祐年间写给陈季常的信说："审柳夫人时须医药，今已平安否？公暮年来想渐求清净之乐，姬媵无新进矣，柳夫人比何所念以致疾邪？"可见柳氏性妒、季常惧内之事为时人所共知，东坡、山谷与陈季常为好友，故偶尔取笑，并非恶谑。清人王文诰在《苏海识余》中为陈季常斤斤辩诬，殊属无谓。与此相映成趣的一个例子是，东坡有一首《戏赠孙公素》："披扇当年笑温峤，握刀晚岁战刘郎。不须戚戚如冯衍，便与时时说李阳。"（《苏轼诗集》卷四五）连用温峤、刘备、冯衍、王衍等四个惧内之人的典故与友人孙贲（字公素）开玩笑，其谐谑程度远过于赠陈季常之诗。按：赵德麟《侯鲭录》卷一云："公素惧内，众所共知。尝求坡公书扇，坡题云……"即此诗也。据庄绰《鸡肋编》卷下所载，东坡曾与孙贲聚饮，正巧席上有一位官妓善于猜谜，东坡便编了一个谜语让她猜："蒯通劝韩信反，韩信不肯反。"官妓猜中了而不敢说，经孙贲强劝，官妓才说出谜底："此怕负汉也。"（"怕负汉"是"怕妇汉"的谐音）东坡大喜，厚赏此妓。可见东坡常与友人开此类玩笑，说者既无恶意，受者也不以为忤。

致书问候。此时党祸惨酷，朝野都讳言苏、黄，陈季常却亲自主持刊刻东坡诗集，这部《苏尚书诗集》曾引起黄庭坚的关注，并写信向黄州士人何斯举索取。东坡与陈季常的友谊是终生不渝的。

东坡的交游遍布三教九流，他有一大群的方外之交，其中最有名的要算是佛印和尚。佛印，本名了元，在禅宗的派系中属云门宗，为青原下十世。元丰三年（1080），东坡刚到黄州，正在庐山开先寺的佛印就几次寄信来，请东坡写一篇《云居山记》。刚遭受文字狱的东坡心有余悸，答书要求稍宽时日，两人从此缔交，信使来往不绝。四年后东坡离开黄州沿江东下，途中曾由佛印陪同游览庐山。此时的佛印已经当了润州金山寺的住持，其后东坡一度盘桓于江淮之间，两人过往甚密。

东坡与佛印的交往留下了许多传说，说两人一见面就斗机锋，争高低。明人甚至编造了题作《明悟禅师赶五戒》的小说，一名《佛印长老度东坡》，说东坡原是五戒禅师转世，后遇佛印点化云云。其实不但后者是齐东野语，连那些流传甚广的互斗机锋的话头也大多出于后人的杜撰，东坡口中哪能说出如此鄙俚浅薄的话头来！"[1]事实上东坡与佛印相交甚笃，而且东坡是潇洒绝俗的才士，佛印也是不守佛门清规的禅僧，他们的交谊是不拘形迹的。佛印其人，能诗文，擅书法，喜欢收集图书尺牍等玩好之物，甚至爱养鸟雀，这种艺术家的气质与东坡非常投机。赤壁山下的江水中有许多晶莹玲珑的彩色石子，儿童们入江嬉水时总能捡到几颗，东坡常用糕饼向儿童们换取这些"怪石"，久而久之，竟积聚了三百来颗。他得知佛印性喜收集此类玩物，便慷慨地倾囊相赠，还为此写了一篇《怪石供》。后来东坡到金山寺访问佛印，曾施舍玉带一条，佛印则回赠一领衲衣。最为惊世骇俗的是，元丰七、八年（1084、1085）间，东坡数度到金山访问佛印，佛印总是事先准备好烧猪肉来款待东坡，因为他深知东坡喜欢这道菜。有一次，佛印准备的猪肉被人偷吃掉了，东坡就戏作小诗一首，借用唐人罗隐的诗句来调侃佛印："采得百花成蜜后，为谁辛苦为谁甜？"东坡与佛印的此类举动，真如晋人阮籍所说："礼岂为我辈设耶？"

---

1 东坡曾揭露禅师的话头说："治其荒唐之说，摄衣升坐，问答自若，谓之长老。吾尝究其语矣，大抵务为不可知，设械以应敌，匿形以备败，窘则推堕混漾中，不可捕捉，如是而已矣！"（《中和胜相院记》，《苏轼文集》卷一二）可见他对禅师所谓的机锋早已洞若观火，且颇为轻视。

三 亲如手足的僚友

东坡在朝野都有许多朋友，元祐年间，东坡在朝为官，与同僚钱勰、蒋之奇、王钦臣友好，四人常相唱和，人称"元祐四友"。更值得注意的是，东坡做过多次地方官，他在各个任所结识了许多僚友。东坡刚踏上仕途就在上司陈希亮那里受尽委屈，也许是这段经历对他有所刺激，他待自己的下属非常亲切。从杭州、密州到徐州、颍州，东坡与许多僚友结成了亲如手足的好友。凡是有一技之长的僚友，东坡都会刮目相看，并为之揄扬延誉。僚友们首先是东坡在公务方面的得力助手，杭州的疏浚西湖，颍州的救济灾民，东坡都得到僚友的鼎力相助。当然，在公务之余，东坡与僚友的关系主要体现为酒朋诗侣。地方官任上不像朝廷里那样充满阴谋和倾轧，率性任真的东坡与僚友相处时心情愉快，他与僚友们唱和时留下了许多动人的诗篇。

熙宁七年（1074），东坡到密州任知州。密州地僻人贫，当地的士人也比较质朴木讷，远不如江南人士那样风流潇洒。但东坡在密州的僚友中结交了两位好友，一是通判赵庚，二是州学教授赵明叔。东坡与赵庚亲如手足，他常常到赵家做客，对赵庚的老母亲执礼甚恭，还曾写诗祝贺其生日。东坡一来，赵庚就把儿女都叫出来，让他们听取东坡的教诲。东坡则饶有兴趣地对孩子们逐一评论，说这个将来会如何，那个将来会如何。有个叫赵戒叔的男孩，当时才十二三岁。东坡对他最为赏识，抚着孩子的背说："将来一定会擅长文学。"后来赵戒叔果然长于诗文，还善于模仿东坡的书法。赵明叔是位安贫乐道的高士，他家境贫寒，但性喜饮酒，无论是多么劣质的酒，他都一饮而醉。他有一句口头禅："薄薄酒，胜茶汤；丑丑妇，胜空房。"东坡也是个"饮酒但饮湿"的旷达之士，他对赵明叔的话非常赞赏，认为这话"虽俚而近乎达"，就引申赵的原意，写了两首《薄薄酒》赠给赵明叔，其一说："薄薄酒，胜茶汤。粗粗布，胜无裳。丑妻恶妾胜空房。五更待漏靴满霜，不如三伏日高睡足北窗凉。珠襦玉柙万人祖送归北邙，不如悬鹑百结独坐负朝阳。生前富贵，死后文章。百年瞬息万世忙，夷齐盗跖俱亡羊。不如眼前一醉，是非忧乐两都忘！"

密州的二赵都是名不见经传之人，东坡任杭州知州时的僚属毛滂就不同了。毛滂，字泽民，是北宋有名的词人。元丰五年（1082），二十八岁的毛滂不远千里专程到黄州去谒见东坡，并在东坡刚铺上屋瓦的雪堂里住了几天。后来东坡入京为官，曾推荐毛滂应制举考试。元祐四年（1089），东坡重到杭州，重遇正任杭州法曹的毛滂，曾写诗追忆七年前在黄州相见的情景，但此时东坡还不知毛滂擅长填词。大约一年以后，毛滂任满罢去，临行前作《惜分飞》一词留别官妓琼芳。一天晚上，东坡宴客，官妓歌唱此词，下阕说："断云残雨无意绪，寂寞朝朝暮暮。今夜山深处，断魂分付潮回去。"东坡听后便问这是谁写的词，官妓说是毛滂。东坡对客人说："幕僚中有这样的词人而我不知道，这是我的过失啊！"他第二天就派人送信，把已经离开杭州的毛滂追请回来，[1]又相聚了好几个月。

赵令畤是赵宋皇朝的宗室。元祐六年（1091），东坡调任颍州知州，结识了正任签书颍州公事的赵令畤。东坡比赵令畤年长二十五岁，但两人一见如故，很快成为亲如手足的

1　此事载于《唐宋诸贤绝妙词选》卷六。孔凡礼《苏轼年谱》卷二九中认为此事不实，因为"毛滂受知苏轼甚早"。但是东坡虽早知毛滂，且曾荐之应举，多半是着眼其诗文，不一定知其能词，本书姑仍旧说。

朋友。两年后御史黄庆基上奏攻讦东坡时，还把东坡在颍州与赵令畤交往密切当作一件罪行来举报，说赵令畤设家宴款待东坡时，连赵家的妇女也不回避，云云。黄庆基的话当然是出于小人忮刻之心，但也说明东坡与赵令畤的关系确是亲密无间。其实赵令畤也常到东坡家去赴宴，有一次还是东坡的夫人王闰之提议邀请赵令畤来家饮酒赏月的。朋友之间互赴家宴而不避妻子，正是东坡及其友人胸怀坦荡、友情深厚的表现。黄庆基之流何足以知此！

东坡在颍州的一年间，与赵令畤、陈师道等人常相过从，饮酒赋诗，非常愉快，赵令畤还把东坡与诸人的唱和诗编成《汝阴唱和集》。然而东坡与赵令畤的交往并不局限于诗酒相酬，无论是赈济灾民，还是疏浚西湖，赵令畤都积极地帮助东坡出谋划策，在政事上多有建树。

赵令畤原字景贶，东坡赏其为人，为他改字德麟，东坡说："麟固不求获，不幸而有是德与是形，此麟之所病也。"东坡还希望赵令畤能像麒麟一样"载其令名而驰之，既有麟之病矣，又可得逃乎？"这篇《赵德麟字说》的字里行间充满了东坡对一个才德出众的后起之秀的期望与鞭策。当然，由于赵令畤是长于锦衣玉食之家的宗室子弟，东坡也时时对他进行规诫。有一次赵令畤自称"吾心皎然，如秋阳之明；吾气肃然，如秋阳之清"，并请东坡写一篇《秋阳赋》。东坡乘机教导他要多了解世道的艰难，要在丰富的历练中增进才德，才能真正了解秋阳："居不堇户，出不仰笠，暑不言病，以无忘秋阳之德。"赵令畤没有辜负东坡的殷切期望，他后来在文学史上以"德麟"之字著称，除了咏《莺莺传》故事的十二首《商调蝶恋花》，他的笔记《侯鲭录》也堪称传世之作。《侯鲭录》中记载了许多东坡的逸事，展卷一阅，东坡的音容笑貌宛在目前。

四　相濡以沫的患难之交

东坡一生浮沉宦海，历尽坎坷，还曾遭受"乌台诗案"那样的不测之祸。幸而得道多助，东坡的交游中虽然不乏趋炎附势的小人，但更多的是笃于友谊的君子，他们是东坡的患难之交，他们忠贞不渝的友情给逆境中的东坡带来了人间的温暖。

元丰二年（1079），东坡突然遭遇了一场从天而降的大祸，他以"讪谤君上"的严重罪名被捕入狱，在御史台的监狱里度过了一百三十多天的铁窗生涯。最后东坡总算死里逃生，被贬逐到荒僻的黄州，但仍然殃及了一大批友人，与东坡同日受罚的两份名单是：王诜、苏辙、王巩三人谪降，自张方平以下二十二人罚铜。后一份二十多人的名单中有司马光、范镇等旧党重要人物，他们被牵涉进来的主要原因是新党想乘机把政敌一网打尽。前一份名单中的三人受到的牵累最重，其中苏辙是东坡的同胞手足，东坡那些涉及讥议的诗歌大多与他有关，况且他在东坡入狱后还上书请求免除自身官职来赎兄长之罪，他受到牵累原是情理中事。王诜、王巩二人则与众不同，他们既不是旧党的重要人物，又不是东坡的亲属，他们遭到严重的处罚全因与东坡交往密切而殃及池鱼。然而二人虽然受东坡的牵累而受到重罚，却毫无怨言。他们在遭贬以后与东坡相濡以沫，他们与东坡的友谊经历了严峻的考验，堪称刎颈之交。

熙宁二年（1069），刚免父丧的东坡回到汴京，任殿中丞直史馆判官告院，得与王诜相识。王诜，字晋卿，是北宋开国功臣王全斌之后，因尚神宗之妹蜀国公主而封驸马都尉，是一位皇亲国戚。然而王诜身上并无多少骄奢之气，倒具有很浓郁的艺术气质。他能诗文，尤擅书画，也喜爱收藏艺术品。他对才华横溢的东坡非常倾心，两人很快就结成亲密无间的好友。东坡常到王诜府上去做客，赋诗写字，谈书论画。王诜则时常送给东坡酒食茶果等物，有时也送些稀罕的礼品，在初交的一年内赠给东坡的礼品中就有弓一张、箭十只、包指十个等物。以后几年内送给东坡的礼物中还有笔墨纸砚等文具以及鲨鱼皮、官酒等珍物。即使当东坡离开汴京之后，王诜的馈赠也没有中止，东坡在密州、徐州时都曾收到王诜送来的官酒、药物。有时东坡手头拮据，还向王诜借钱。熙宁六年（1073），正在杭州通判任上的东坡为了出嫁外甥女，曾向王诜借钱二百贯。作为回报，东坡常把自己的作品赠送给王诜。例如东坡在密州时，就曾把《薄薄酒》《水调歌头》《杞菊赋》《超然台记》等作品亲笔抄录后寄赠给王诜。[1]不难想象，在酷爱艺术品的王诜眼中，由东坡亲笔录写的东坡诗文是何等珍贵的一份厚礼！

熙宁十年（1077），东坡解除密州的职务后前往汴京改

1　在南宋朋九万整理的《乌台诗案》中保留着东坡在狱中的供词，其中有《与王诜往来诗赋》一节，相当详细地记录了两人之间互相馈赠的礼品及诗文作品。本书所述，均据是书。

官，走到汴京北边的陈桥驿时接到改知徐州之命，同时有旨不准进入京城。无奈的东坡只得借住在城外，王诜闻讯，立即派人送来酒食，几天后又亲自带了从人出城，在四照亭里设宴款待东坡。两人对酒听歌，王诜带来的歌伎倩奴向东坡索取新词，东坡当场挥毫作词两首。次日，王诜又携来一幅唐代的名画——韩幹画马来请东坡题跋，东坡当即在画上题诗一首。东坡与王诜年龄相同，趣味相投，他们之间诗酒风流的交游活动正是北宋士大夫日常生活的典型表现。在文化发达、艺术气氛浓厚的社会环境里，东坡与王诜的交游何罪之有！

然而在东坡的政敌的眼中，这一切都是必须追究的罪行。于是，当东坡以莫须有的罪名流放黄州时，贵为皇亲的王诜也受到牵连，被革去驸马都尉与绛州（今山西新绛）团练使两职。王诜的罪名除了"收受轼讥讽朝政文字及遗轼钱物"，还有一条是"狱事起，诜尝密属辙密报轼"。原来当朝廷决定逮捕东坡后，王诜最早获知这个消息，他立即派人速往南都通报苏辙，让苏辙转告东坡早作准备。泄露朝廷机密，事先通报朝廷要缉拿的要犯，这确实是严重的罪名，无怪神宗虽然宠爱蜀国公主，仍然在一怒之下重罚王诜。次年，因蜀国公主病卒，神宗更迁怒于王诜，把他贬为昭化军节度行军司马，均州（今湖北丹江口）安置。自幼生活于钟鸣鼎食之家的王诜来到武当山下的荒僻小城，四年后又迁往颍州，直到哲宗登基才得重返汴京。

元祐元年（1086），东坡与王诜先后回到汴京，两人在宫殿门外意外相遇。劫后重逢，感慨万千。王诜当即作诗赠给东坡，东坡作诗和之，对王诜这位"厄穷而不怨，泰而不骄"的贵公子大为赞叹，并回忆自己在黄州时思念王诜的情形："怅焉怀公子，旅食久不玉。欲书加餐字，远托西飞鹄。谓言相濡沫，未足救沟渎。吾生如寄耳，何者为祸福？不如两相忘，昨梦那可逐！"从此，东坡与王诜又恢复了诗酒相酬的交游，直到元祐八年（1093）王诜去世为止。王诜在汴京有一座花木葱茏的花园，名叫西园，东坡兄弟以及黄庭坚等文人墨客常常来此做客，众人在园内吟诗作画，流连忘返。李伯时的《西园雅集图》所展现的就是西园内高朋满座的画面。王诜的绘画艺术在放逐生涯中有了长足的进步，传世的王诜绘画中以北京故宫博物院收藏的《渔村小雪图》最为有名，如果不被放逐江湖，身为贵族公子的王诜恐怕难以画出这种景物荒寒、意境萧索的山水画来。元祐年间，东坡曾数次为王诜的画题诗，单是那幅《烟江叠嶂图》，东坡就两度题咏，使此画声名大振。[1]在第二次题此画的诗题中，东坡对两人的交谊慨乎言之："不独纪其诗画之美，亦为道其出处契阔之故，而终之以'不忘在莒'之戒，亦朋友忠爱之义也。"的确，东坡与王诜的交谊经历了死生契阔的考验，弥足珍贵。

王巩，字定国，出生于衣冠望族"三槐王氏"，东坡曾为王巩作《三槐堂铭》。他的年龄大约与东坡相仿，东坡曾自称与王巩"幼小相知"，王巩是张方平的女婿，而东坡年方弱冠就受知于张，两人的相识可能是由于这层关系。熙宁十年（1077），东坡在徐州时开始在诗中提到王巩。但从这首《送颜复兼寄王巩》的句意来看，东坡与王巩早就结为好友了。[2]诗中说王巩："清诗草圣俱入妙，别后寄我书连纸。苦恨相思不相见，约我重阳嗅霜蕊。"又谓颜复："君

---

1 由于曾经东坡题咏，王诜的绘画以《烟江叠嶂图》最为有名，但现在收藏此画的博物馆不止一家，颇有争议。现存的王诜绘画中只有北京故宫博物院收藏的《渔村小雪图》确为真品，上有宋徽宗所题"王诜渔村小雪"六字。

2 马斗成《苏轼与王巩交游考》中认为"现有所见史料最早记载苏轼与王巩交游是熙宁十年（1077）"（文载《宋代眉山苏氏家族研究》，第338页，中国社会科学出版社2005年），孔凡礼《苏轼年谱》卷八则据东坡《跋王巩所收藏真书》一文推测两人相从始于熙宁二年（1069），两说可互相参照。

归可唤与俱来，未应指目妨进拟。太一老仙闲不出，踵门问道今时矣。"所谓"太一老仙"是指时任太一宫使的张方平，此时王巩正在南都岳丈家中。次年八月，东坡在徐州建成一座"黄楼"，远近的文人墨客纷纷前来庆贺，王巩也专程来徐，躬与盛会。东坡与王巩久别重逢，格外高兴。重阳那天，东坡为王巩作《千秋岁》一词。两人在徐州欢会十日，往返唱和之诗几达百篇。一天，王巩一行出游泗水、桓山，玩到明月东升才兴尽而返。那天东坡因故未能陪同出游，就在黄楼上备下酒宴等待王巩归来。东坡身披羽衣，伫立在黄楼上，先听到从山谷里传来一阵悠扬的笛声，然后看到王巩一行踏着月色归来，他慨然叹息说："李太白死，世无此乐三百年矣！"

"胜地不常，盛筵难再。"唐人王勃在《滕王阁序》里的慨叹真是千古名言。两年之后，东坡就遭受了乌台诗案的飞来横祸，王巩也受到牵连，从正字贬为监宾州盐酒务。宾州（今广西宾阳）地处岭南，是一个比黄州更加僻远荒凉的地方。在乌台诗案中受到牵连的人中，王巩所受的责罚最为惨重。王巩本人并未写过什么讥刺朝政的诗文，他仅因"收受轼讥讽朝政文字"的罪名就受到比东坡本人更重的处罚，真是祸从天降。[1]对此，东坡感到非常不安。他"每念至此，觉心肺间便有汤火芒刺"。没想到王巩到达贬地后竟主动来信，对身受牵累之事一字不提，反倒声言自己在逆境中定能"以道自遣"，以此安慰东坡。东坡既感激王巩的友情，又钦佩他的胸襟气度，深幸自己获此良友。其实王巩后来在宾州的处境非常悲惨，他在那瘴烟弥漫的荒僻之地煎熬了整整五年，一个儿子得病而死，他本人也大病一场，差一点成为异乡之鬼。

从元丰三年（1080）到元丰六年（1083）的四年间，东坡与王巩虽然相隔万里，但是书信往来，鸿雁不绝。东坡无时无刻不在挂念远方的友人。元丰四年的重阳日，东坡与黄州知州徐大受会于栖霞楼，他举目远眺，情怀凄然。东坡想起三年前的今天在徐州黄楼为王巩写的《千秋岁》一词，不禁低声吟诵起来。那首词中的"明年人纵健，此会应难复"两句，仿佛是一语成谶！满座的人听了此词与东坡的介绍，无论认识王巩与否，都随着东坡一起怀念起远方的王巩来。

1　王巩受到重罚，或与他是旧党元老张方平的女婿有关，也可能与他在四年前曾因徐革谋逆案的牵连而受过"追两官勒停"（见《续资治通鉴长编》卷二六三）的处分有关，但"乌台诗案"的结案状中并未提及此项前科。

是年秋天，刚被任为广南西路转运使的马默在赴任途中经过黄州，东坡便托他到任后关照王巩，还托他捎去一些茶叶。东坡对自己在黄州的各种生活细节，诸如开荒种麦，买牛耕地，都一一写信告诉王巩。那些长书短简细述琐事，直抒胸臆，好像是向亲人倾吐心事的家书。有一次，东坡劝告从前性喜豪奢的王巩节省钱财。如非推心置腹的密友，岂能如此直言无忌？东坡还应王巩之求，用心画了一幅墨竹，寄往宾州。也许那竿瘦劲挺直的竹子正可为东坡与王巩这两位同病相怜的逐臣传神写照？

元祐元年（1086），东坡与王巩在汴京重逢。"白露凄风洗瘴烟，梦回相对两凄然。"东坡的这两句诗写出了两人劫后重逢的复杂心情。稍能安慰东坡的是，重现在他面前的王巩竟然面色红润，风采依旧，一点不像九死南荒的迁客，这真是一位"贫贱不能移"的铮铮铁汉！连伴随王巩南迁的侍儿宇文柔奴也对苦难经历持有平和的心态，东坡问这个眉目娟丽的姑娘：岭南的风土是否欠好？她回答说："此心安处，便是吾乡。"东坡听了大为叹赏，有仆如此，可见主人是何等的坚毅、旷达！东坡当场写了一首《定风波》送给她：

常美人间琢玉郎，天应乞与点酥娘。自作清歌传皓齿，风起雪飞，炎海变清凉。

万里归来年愈少，微笑，笑时犹带岭梅香。试问岭南应不好，却道此心安处是吾乡！

这种在苦难中坚贞不屈的精神，正是东坡人生态度的精华，难怪东坡把王巩视为知己。元祐年间，东坡与王巩常相过从，相处得非常愉快。正巧两人都与王诜交好，王巩收藏了好几幅王诜的绘画，其中包括那幅著名的《烟江叠嶂图》，东坡便是在王巩家里见到此图，从而题诗的。王巩得到了王诜所赠的名酒，也请东坡到他家的清虚堂里一起品尝，有时子由也随着东坡同来做客。当然，两人在政治上也几乎是同进同退，东坡曾推荐王巩应"节操方正可备献纳科"的制举，希望朝廷擢用这位"好学有文，强力敢言，不畏强御"的人才。谁知不但没被采纳，反而惹来谏官的一番攻讦，王巩也以"谄事"东坡的罪名被出为西京通判。绍圣元年（1094），新党再次得势，东坡被贬往惠州。不久，王巩也被贬至全州（今广西全州）。这一次两人都被贬到岭南，况且两人都已是花甲之年，所遭的打击比上一次更为惨重。然而他们仍以坚毅的精神迎接苦难，并一如既往地在患难中相濡以沫。东坡在惠州写信给王巩说："南北去住定有命，此心亦不念归，明年买田筑室，作惠州人矣！"这应是东坡与王巩共同的心态。松柏经霜而后凋，七年之后，东坡与王巩竟然都得以北还。可惜东坡刚回到常州（今江苏常州）就染病逝世，失去了与王巩重逢的机会。但是两人的友情已经超越了生死，成为传颂千古的一段佳话。

在乌台诗案中受东坡牵累而被处罚的名单中，有两个人的情况最为特殊，就是"选人"陈珪和钱世雄。所谓"选人"，就是没有科举功名，仅能充任低级官吏的士人。他们职能低微，根本不可能卷入党争，竟然也被牵涉到这场政治风波中，还受到"罚铜二十斤"的处罚，真可说是殃及池鱼了。钱世雄，字济明。熙宁四年（1071）东坡赴杭州通判路经扬州，钱世雄的父亲钱公辅正任扬州知州，曾与东坡在席上相遇。次年钱公辅去世，东坡路经常州遇见钱世雄，应其请求为钱公辅作哀词。元丰二年（1079）东坡任湖州知州，此时钱世雄正任吴兴县尉，算是东坡的僚属。东坡于四月底到达湖州，七月底就被捕入狱，他与钱世雄的同僚关系只有短短的三个月。但在勾连株求唯恐不尽的御史们的罗织之下，钱世雄也没能逃脱。东坡被贬黄州后，钱世雄派人专程送信问候，东坡既感且愧，在答书中称钱为"仁弟"。此后两人书信不绝。但是当东坡还朝升任要职之后，钱世雄却不见了踪影。直到东坡被排挤出朝以后，钱世雄才再次出现。绍圣元年（1094），钱世雄给远在定州的东坡寄去太湖出产的茶叶，东坡亲书《松醪赋》为谢。不久东坡被贬到惠州，钱世雄多次去信问候，并寄去白术让东坡滋补身体。东坡再贬儋州，已受东坡牵累而被革去平江通判之职的钱世雄仍然书信不绝，还曾寄去丹药等物。在东坡日暮途穷之际，曾数度受他牵连的钱世雄却不避时忌，屡屡寄信寄物给那位远谪南荒的老人，这种风义，真如东坡在惠州时给钱世雄的一封回信中所说，是"高义凛然"！

建中靖国元年（1101），年已垂暮的东坡遇赦北归。此时的政治局势尚不明朗，东坡很想在常州一带找个安身之处，于是他在北归途中就与钱世雄通信商议，请他帮助在常州购置或租赁一所房屋。五月，东坡返至润州，与钱世雄在金山相会。此时身为一介平民的钱世雄经多方设法，已在常州向一家姓孙的人家借到一所房屋。东坡在润州、真州与故人盘桓了多日，身体不适，就坐船前往常州。钱世雄到奔牛埭来迎接，东坡在舟中的卧榻上把完稿于海南的《易传》《书传》和《论语说》三部书稿托付给钱世雄，请他好好保藏，暂不示人。钱世雄把东坡接到常州入住孙家的房屋，此后每天都来看望。东坡在病中强打精神，亲自书写旧作《江月》诗与《跋桂酒颂》赠给钱世雄。可惜尽管钱世雄多方问医访药，甚至弄来了"神药"，东坡的病情还是日趋严重。东坡临终时，守候在病榻边的除了儿孙，就是钱世雄与僧人维琳，东坡咽气前的最后一句话就是对钱世雄说的。东坡去世后，钱世雄不胜悲痛，亲撰祭文来悼念这位"平生风义兼师友"的一代才人。

钱世雄因结交东坡而得罪权要，其后终身废弃，穷困而死。[1]但他也因此得到时人的敬重，并将永远得到热爱东坡的后人的尊敬。

东坡平生结交了许多僧人，按理说他们本是方外之人，政治的风波不会与他们有任何牵连。可是奇怪的是，东坡的

1　钱世雄晚年自号冰华老人，杨时在《冰华先生文集序》中称其以结交东坡而"取重于世，亦以是得罪于权要，废之终身，卒以穷死"（《杨龟山先生集》卷二五）。

僧人朋友中就有一位曾受其连累而被窜逐,他就是著名的诗僧道潜。在东坡所结交的僧人中,道潜与东坡的交往最为密切,他堪称东坡最知心的方外之友。

熙宁四年(1071),东坡前往杭州,在临近杭州的临平镇看到一首题诗:"风蒲猎猎弄轻柔,欲立蜻蜓不自由。五月临平山下路,藕花无数满汀洲。"大为赞赏,并记住了作者昙潜的名字。七年之后,东坡在徐州任上,昙潜前来拜访,并呈上自己的诗作。东坡非常赏识这位聪慧的僧人,在和诗中称道其为人:"道人胸中水镜清,万象起灭无逃形。"又称道其诗才:"多生绮语磨不尽,尚有宛转诗人情。"并建议他改名为"道潜"。道潜在徐州盘桓多日,与东坡、王巩等人一同游览了戏马台、百步洪等名胜,又陪同东坡登上刚落成的黄楼观赏夜景,宾主相得,唱和不绝。有一次,东坡在席上故意让一个花枝招展的歌伎上前向道潜求诗,道潜也没有被困窘住,当场作诗说:"底事东山窈窕娘,不将幽梦属襄王。禅心已作沾泥絮,肯逐春风上下狂!"东坡大喜,原来他曾看见柳絮落在泥中,觉得此景可以入诗,没想到被道潜捷足先登了。道潜告归时,东坡写诗赠别,称赞他"新诗如玉雪,出语便清警",还指出其创作优势是"静故了群动，空故纳万境"。从此，东坡与道潜结下了超凡脱俗的文字之缘。

元丰六年（1083）三月，道潜专程来到黄州，看望已在那里度过了四年贬谪生涯的东坡。道潜在黄州一住就是大半年，直到次年四月才随着东坡一起离开黄州。道潜与东坡同游武昌西山，同赏定惠院海棠，饱看了江上的清风明月，写下了许多唱和诗篇。东坡向来讨厌僧诗的"蔬笋气"，他对道潜的诗情有独钟，就是因为道潜诗风"无一点蔬笋气"。一次京城故人来信问东坡：听说有一个僧人在你那里，是不是那个"'隔林仿佛闻机杼'和尚"呀？东坡大喜，从此把这句诗视为道潜的"七字师号"。道潜的诗句出于一首绝句："曲渚回塘孰与期，杖藜终日自忘归。隔林仿佛闻机杼，知有人家在翠微。"这样的诗充满了对自然与人间的热爱，情趣盎然，不像普通的僧人诗那般枯槁寒俭，所以深得东坡的喜爱。

元祐四年（1089），东坡出知杭州，又得与道潜相聚。当道潜入住智果院时，东坡率领宾客十六人送之，每人赋诗一首，道潜也作诗酬答。其后东坡常到智果院去寻访道潜，汲泉煮茗，谈诗说禅。道潜其人虽然栖身佛门，但他的日常生活与当时的士大夫并无二致，正像陈师道所说，道潜其实是合僧人与士人于一身的一位诗人："释门之表，士林之秀，而诗苑之英也。"东坡与道潜的交谊也与当时的士大夫之间的关系并无二致，佛门本应弃绝人间的七情六欲，道潜却与东坡情谊深厚。元祐六年（1091）三月，东坡奉调还京，临行前写了多首诗词留别杭州故人，其中以写给道潜的《八声甘州》最为情深意挚。

东坡离杭后，道潜备感寂寞。杭州的名胜之地到处铭刻着东坡的题诗，道潜一看到那些熟悉的墨迹就如睹故人。东坡先后调任颍州、汴京、定州，替道潜传书的鸿雁也跟着飞往那些地方。绍圣元年（1094），东坡在定州接到南谪英州的朝命，他匆匆踏上南迁之路，萧索的行囊中就有一幅道潜请人专程送来的弥陀佛像。东坡到达惠州后，道潜不但书信不绝，还一度准备亲自前往惠州探望，后被东坡劝止。道潜与东坡的密切关系终于引起了东坡政敌的注意，绍圣三年（1096），新党头目吕惠卿的弟弟吕温卿任浙东转运使，他一到杭州便蓄意罗织罪名来打击东坡的友人。经人告发，又查验度牒，吕温卿发现道潜的名字是东坡所改，就以此为罪名勒令道潜还俗，并给予"编管兖州"（今山东兖州）的处罚。北宋有"度牒"的制度，僧尼的名额是由朝廷掌控的，俗人获得"度牒"出家为僧是一件很不容易的事情，所以勒令还俗算是对僧人的重罚。僧人本是方外之人，道潜竟受到通常只有官吏才能得到的"编管"的处分！这真是城门失火，殃及池鱼了。东坡命途多舛，他一生中牵累的人不计其数，但受他牵连而受罚的僧人则只有道潜一人。东坡闻讯，深感歉疚，便托正在京东做官的亲戚黄寔照应道潜。后来得到曾布的帮助，道潜才得以再次落发为僧。两度出家的奇特遭遇是道潜与东坡交往所付出的代价，但道潜对之心甘情愿。东坡死后，道潜连作悼诗十一首，极表悲痛。不知他此时有没有想起当年东坡写给他的词句："西州路，不应回首，为我沾衣！"

五　深明大义的谪地长官

东坡晚年自嘲说："问汝平生功业，黄州、惠州、儋州！"他数度遭贬，先后在黄州、惠州、儋州三地度过了十年零三个月的贬谪生涯，几乎占他全部仕宦时间的三分之一。东坡每次被贬都带着严重的罪名，如"讪谤朝政""毁谤先帝"等，而且朝中的权要们对东坡怀有刻骨的忌恨，必欲置之死地而后快。所以东坡每到一处贬谪之地，都忧虑重重，深恐动辄得咎。幸而吉人天相，东坡在三个贬谪地都遇到了深明大义的地方长官，他们敬重东坡的人格和才学，他们给予东坡力所能及的照顾，使东坡在举目无亲的蛮荒之地得以生存下来。

元丰三年（1080）二月，东坡来到他生命中第一个贬谪地黄州。黄州是一个山环水绕的偏僻小城，此时的东坡刚刚经历了乌台诗案的大祸，惊魂未定的他以犯官的身份来到异乡客地，心情是多么的惴惴不安啊！正在此时，陈轼、徐大受与杨寀三位知州先后出现在东坡的生活中。东坡初到黄州时，州守是陈轼，此人是王安石的同乡，且与王安石交好，但他并未因此而敌视东坡。陈轼半年后就离任了，但他的善意照拂使东坡得到了很大的安慰。东坡在黄州度过的最后八个月中，杨寀来知黄州。与两位前任一样，杨寀对东坡也相当友好，曾亲临雪堂访问这位逐客。当然，在黄州与东坡相处时间最长、对东坡最为关切的则是徐大受。

元丰三年（1080）八月，徐大受来任黄州知州。徐大受，字君猷，他与东坡一见如故，视之为亲如手足的密友。对于徐大受，东坡充满了感激之情，他曾写信给徐大受之弟徐大正说："始谪黄州，举目无亲。君猷一见，相待如骨肉。"的确，在黄州与东坡相处的三年中，徐大受丝毫不像一位对东坡负有监管之责的上司，倒像一位热情待客的主人。徐大受来到黄州后，每年的重阳节都要在栖霞楼设下酒宴，邀请东坡共度佳节。受他影响，时任黄州通判的孟震也对东坡敬礼有加。久而久之，东坡已把两位上司视为不拘形迹的朋友，他甚至毫无顾忌地与他们谈笑风生。徐大受与孟震都不善饮酒，东坡就以此为诗歌题材，拿两位与他们同姓的古人——徐邈与孟嘉来与他们开玩笑："孟嘉嗜酒桓温笑，徐邈狂言孟德疑。公独未知其趣尔，臣今时复一中之。风流自有高人识，通介宁随薄俗移？二子有灵应抚掌：吾孙还有独醒时！"是啊，徐邈与孟嘉都是古代著名的酒徒，他们怎能想到其后裔中竟然有不能饮酒的徐大受与孟震！要不是徐、孟二人对东坡情同手足，东坡即使性格豪放，也绝不敢与两位上司开这样的玩笑，要知道此时的东坡正是处于徐、孟管辖下的一个犯官！

元丰六年（1083）八月，徐大受任满离开黄州，东坡作《好事近》以送行。不幸的是，徐大受在前往湖南的途中染病去世，其家人护丧北上，在三个月后又来到黄州。东坡悲痛万分，既作祭文，又作挽词，悼念这位对他关照有加的良友兼恩人。徐大受遽然去世，他的几个孩子尚未成人。东坡对此很不放心，他一连写了几封信给徐大受的弟弟大正，嘱咐他一定要妥善安置其兄的遗孤，千万不能让孩子们失学。情意殷殷，有如家人。稍后，东坡又写了一篇《遗爱亭记》，以颂扬徐大受治理黄州时爱护百姓的功德。两年后，东坡在张方平的儿子张恕家里偶然遇见已改嫁到张家的徐大受的姬妾，还思及故人而泫然流泪。

绍圣元年（1094），年已五十九岁的东坡经过万里跋涉，来到南海边的惠州。此时的政治局势非常险恶，新党对旧党人士的打击不遗余力，东坡再也没有死灰复燃的可能了，他甚至做好了埋骨异乡的思想准备。可幸的是，东坡在惠州也遇到了一位善良且富有正义感的知州，他就是詹范。东坡见到詹范时，两人都是白发苍苍的老翁了。詹范擅长写诗而拙于世务，正是东坡的"我辈中人"。他对东坡非常友好，曾在元宵夜邀请东坡饮酒观灯，又曾陪同东坡游览白水山。东坡曾携带白酒、鲈鱼前去访问詹范，詹则准备了槐叶冷淘来款待客人。当东坡取出旧日所作的词稿来修改时，还曾与詹范"奇文共欣赏"。在詹范的照拂下，东坡甚至得以参与惠州的地方事务，诸如建桥梁以便行人、修义冢以葬枯骨等事，詹范都邀请东坡参与其事，仿佛东坡是新到任的同僚而不是流放来的罪人。

绍圣三年（1096）九月，詹范任满，方子容来代。重阳那天，新、旧两位知州一起陪着东坡登上白鹤峰。东坡心情舒畅，喝得大醉。与前任詹范一样，方子容也与东坡甚为相得。方子容十分喜爱东坡的书法，曾请东坡帮他题跋所收藏的书画、佛经、史传等，东坡还曾为方子容的夫人沈氏亲笔书写《心经》。绍圣四年（1097）四月十七日，方子容接到朝廷将东坡贬往海南昌化军的诰命，他忧心忡忡地亲自前往东坡家去通报，并说其妻沈氏平昔敬奉僧伽菩萨，两个多月前曾梦见菩萨前来告别。沈氏问菩萨要往哪里去？僧伽说将与东坡同行过海，再过七十二日就有诰命下达。可见这都是命中注定的事，请东坡不必太忧虑。[1]方子容的一番话也许

1　据东坡《僧伽同行》（《苏轼文集》卷七二）、道潜《东坡先生挽词》原注（《参寥子诗集》卷十一）。王巩《随手杂录》则谓梦见僧伽者为萧士京之妻，当是传闻异辞，孔凡礼《苏轼年谱》卷三六并引之。揆诸情理，当以东坡自述者为准。

是为了安慰东坡而姑妄言之的，但毕竟使东坡宽心不少。僧伽是唐时自西域何国来华的高僧，后在泗州（今江苏盱眙）建刹，屡显灵异。三十一年前，东坡扶父丧返蜀路经泗州，适遇逆风无法行船，曾听从船夫的劝告向僧伽塔祈求顺风。香火未收，旗带就变了方向，船只便一帆风顺地疾驰而去。如今听说这位异代高僧的神灵将陪伴自己渡海南去，这无论如何总是个吉兆啊！

绍圣四年（1097）五月，东坡在藤州（今广西藤县）会合其弟子由，两人结伴南行，于六月五日来到雷州（今广东雷州）。雷州是子由的贬所，也是他此行的终点，而东坡将从此地渡海南去。雷州知州张逢亲自到城门口迎接二苏，并请他们入住馆舍。几天后，张逢到郊外送别东坡，并派差役送他过海，东坡对此十分感激。不久，张逢善待东坡兄弟的事情被人告发，张逢遂被削职为民。张逢与东坡的交往只有短短的几天，但他的情谊使东坡永远难忘。

绍圣四年七月，东坡到达昌化军（即儋州），暂时寄住在伦江驿馆里。儋州地方荒僻，外人罕至，驿馆多年失修，不蔽风雨。九月，新任军使张中到任，他看到年迈体弱的东坡栖身在破败不堪的驿馆里，于心不忍，便派人把驿馆整修一番，让东坡得以安居。此后张中时常前来看望东坡，还曾陪同东坡去访问邻居。张中与伴随东坡来儋的苏过结成好友，两人都喜爱围棋，时常对弈，棋艺不高的东坡则坐在一旁静静地观看，终日不倦。一年之后，新党对元祐旧臣的迫害进一步升级，东坡被前来督察的使臣逐出驿馆，不得不在桄榔林中自建茅屋安身，张中又亲自前来帮着挖泥运土，完全不顾自己身为当地长官的身份。[1]又过了一年，张中照顾东坡的事受到追究，被贬为雷州监司。东坡对张中恋恋不舍，作诗为他送行，中有"暂聚水上萍，忽散风中云"的沉痛之句。张中也对东坡依依惜别，他四月就接到了调令，却迟迟不走，一直拖延到十一月才离开儋州。临行前，张中又一次到东坡家来告别，主宾二人在灯光下相对而坐，直到天明。东坡再次写诗送别，描绘眼前的情景说"悬知冬夜长，不恨晨光迟"，又劝告张中不要挂念自己："汝去莫相怜，

1　孔凡礼《苏轼年谱》卷三六说东坡始到儋州即于桄榔林下作庵而居，至张中到任始入住伦江驿馆。李一冰《苏东坡新传》第十三章，王水照、崔铭《苏轼传》第十一章则说东坡先居官舍，被逐出后始居桄榔林，后说是。除了李、王二书的论述外，另有一个旁证：东坡《桄榔庵铭》中说："三十六年，吾其舍此，跨汗漫而游鸿濛之都乎！"意谓一旦自己走完全部生命历程，就可舍弃桄榔庵而去了。可见此铭应作于元符元年（1098），当时东坡六十三岁，自此往后三十六年，则已年届九十九岁，古语云"生年不满百"，九十九岁就到生命的终点了。如作于前一年，则"三十六年"一语没有意义。

我生本无依。"两位萍水相逢的友人从此隔海相望，不久张中就病逝了。

六　善良质朴的平民朋友

无论在朝在野，东坡时时关心着百姓的冷暖。但不管是在汴京街头前呼后拥的"苏学士"，还是在杭州西湖吟风弄月的"苏使君"，那些平头百姓都只能远远地观看。即使当东坡轻车简从地下乡劝农巡视时，那些"旋抹红妆看使君，三三五五棘篱门，相排踏破茜罗裙"的村姑们也绝不敢挨上前去与东坡说话的。是贬谪落难使东坡来到百姓中间，从而结交了许多平民朋友。那些善良质朴的普通百姓出于对忠而被贬的忠臣的同情，也出于对才学盖世的名士的仰慕，纷纷向素昧平生的东坡伸出援助之手。百姓们虽然没有任何权力或充足的财力来帮助东坡，但即使只是一句主持公道的话语，或是一个表示同情的眼神，也使东坡深为感动，因为那都是出于至诚的心灵交流。东坡在黄州开荒种麦，毫无经验，当地的农人就热情地传授秘诀：要想多打麦子，先得放牛羊入田，把长势太旺的麦苗践踏一番。东坡照此办理，果然大获丰收。东坡从海南北归路经大庾岭，在岭上一家村店门口小憩。一位白发老人看到东坡，得知他就是大名鼎鼎的"苏子瞻尚书"，便上前作揖说："我听说有人千方百计地陷害您，而今得以平安北归，真是老天保佑善人啊！"东坡听了感慨万分，便写了一首七绝赠给老人："鹤骨霜髯心已灰，青松合抱手亲栽。问翁大庾岭头住，曾见南迁几个回？"

东坡在各处贬谪之地结识的平民朋友中，也有一些姓名可考的人物。东坡刚到黄州不久，住在长江对岸的王齐愈、王齐万兄弟就渡江来访。王氏兄弟本是蜀人，此时则是流寓武昌的普通百姓。稍后，东坡又结识了潘丙、潘原、潘大临、潘大观、古耕道、郭遘、何颉等人，诸人虽读书识字，但皆无功名，只是世居黄州的土著而已，比如潘丙在樊口开了一家小酒店，郭遘靠卖药为生，古耕道则是市井中人。东坡曾以亲切的笔触描写这几位朋友："潘子久不调，沽酒江南村。郭生本将种，卖药西市垣。古生亦好事，恐是押牙孙。"所谓"押牙"，是指唐人小说《无双传》中那位藏身市井的侠客古押牙，此句正暗示着古耕道的市井身份。此后的几年里，东坡经常与他们交游。有时东坡渡过江去游览武昌西山，遇到风雨，便留宿王家，王氏兄弟杀鸡炊黍招待东坡，一住就是好几天。有时东坡乘坐一叶扁舟，一直划到潘丙的小酒店门前，便走进店去喝上几杯村酿。一连三年的正月二十日，东坡都与潘丙、郭遘、古耕道等人前往离黄州十里路的女王城游玩，每次都作诗一首。第二年写的那首诗说："东风未肯入东门，走马还寻去岁村。人似秋鸿来有信，事如春梦了无痕。江城白酒三杯酽，野老苍颜一笑温。已约年年为此会，故人不用赋招魂！"东坡告诉远方的故人：我在这儿与朋友们相处得非常愉快，你们不用再设法让我离开黄州重返朝廷了！

东坡贬至惠州后，也结识了不少百姓，比如他在白鹤峰新居的两个邻居——在家修行的"林行婆"和不第的老书生翟逢亨，东坡便常去串门拜访，以至于在诗歌里留下了他俩的身影："林行婆家初闭户，翟夫子舍尚留关。"东坡在惠州结识的新朋友中最值得一提的是卓契顺。卓契顺是苏州定慧院里从事杂役的"净人"，同时也跟随定慧院长老守钦学佛，与东坡素昧平生。绍圣二年（1095），东坡的长子苏迈正带着一家老小住在宜兴，全家人苦苦思念远谪南荒的东坡，但由于山河阻隔，既得不到东坡的任何消息，也难以寄送家书。苏迈把他的苦恼告诉钱世雄，钱又与守钦说起此事，卓契顺听说后，便自告奋勇要前往惠州送信。他对苏迈说："惠州不在天上，只要不停地走，总是能走到的。我愿意为你们去送家书！"于是卓契顺便携带了苏迈的家书以及守钦撰写的《拟寒山子十颂》上路了，他风餐露宿，跋山涉水，从苏州一直走到惠州，终于在三月初二那天把书信送到了东坡的手中。[1]东坡看到卓契顺脸色乌黑，脚生重茧，不禁对这位助人为乐的陌生人充满了钦佩与感激。卓契顺在惠州停留了半个月，取了东坡的回信就要踏上返程。东坡问他可有什么要求，契顺回答说："我正因为无所求，才到惠州来的。如果有所求的话，早就往汴京去了。"东坡坚持要对契顺有所表示，契顺才说："唐代有个蔡明远，不过是鄱阳军的一个小校尉。当颜真卿绝粮于江淮时，蔡明远背了米前去接济，颜真卿心存感激，便写了一幅字送给他，使世人至今还知道这世上曾经有过一个蔡明远。我虽然没有背米来送

---

1 据钱世昭《钱氏私志》记载，卓契顺此行乃为佛印带信给东坡，误。因东坡在《书归去来词赠卓契顺》（《苏轼文集》卷六九）及他文中均未言及佛印的信。守钦此前不识东坡，卓契顺携来其文，东坡且作《守钦》一则以记其事，况且佛印一向与东坡交好，若卓契顺为其传书，东坡不应一言未及。

给大人，但不知能否援引蔡明远的先例，得到大人亲笔写的几个字呢？"东坡听了，欣然挥毫，写了一幅陶渊明的《归去来辞》赠给契顺，并在题跋中详细记述了卓契顺千里送书的经过，希望他能因此而名垂青史。东坡写的那幅字没有能留存下来，但是那篇题跋却完整地保存在东坡的文集中。卓契顺的义举因而流传千古，永远为后人传颂。

绍圣四年（1097），东坡来到他生命中最后一个流放地儋州。儋州不但地僻人穷，而且居民多为黎族，他们与汉人语言不通，生活习惯也迥然不同，然而东坡在儋州生活了三年，仍然交了许多朋友，其中有不少黎族的百姓。比如黎子云，东坡曾与张中一起去他家访问。黎家的环境十分幽美，四周水木清华，只是房屋破旧不堪，东坡就动员大家捐钱在黎家修了一个"载酒堂"，此后常去那儿盘桓。再如符林，是住在城南的不第秀才，其人性格恬淡，东坡亲切地称他为"老符秀才"。绍圣五年（1098）的上巳节，东坡到符家做客，与老符两人对坐痛饮，此时木棉花纷纷飘落，刺桐则繁花似锦，这种奇异的异域风光给东坡留下了深刻的印象。东坡的邻居也对他非常友好，他们不大明白这位老人为何万里迢迢地流落到这天涯海角来，但十分同情他的艰难处境，于是不时地送给东坡一些木薯、芋头，逢年过节还邀请东坡去吃喝一顿。久而久之，东坡甚至产生了期待心理，他作诗说："北船不到米如珠，醉饱萧条半月无。明日东家当祭灶，只鸡斗酒定膰吾！"

一天东坡偶然进城，在集市上遇到一个进城卖柴的黎族山民。此人面目枯瘦，但精神抖擞，一下子引起了东坡的注意。山民也注意到东坡身上的衣冠，这在他眼中简直是奇装异服，不禁哈哈大笑。笑过之后，两人便攀谈起来。虽然语言不通，但山民又是叹息，又是挥手，东坡仿佛听懂了他的意思。山民好像是说东坡本是一位贵人，如今却凤落草窠不如鸡了。临别前，山民把卖柴换来的一块木棉布赠送给东坡，示意今年海风寒冷，让他做件衣服御寒。东坡非常珍视山民的这份情谊，特地写了一首诗来记载这次奇遇。这位不知名的黎族山民与东坡之间的动人故事便永远保存在《和陶拟古九首》之九这首诗中。

元符三年（1100）六月，东坡遇赦北归，离开他栖身三年的海南。动身之前，许多土著朋友前来饯行，大家纷纷拿出各种土产相赠，东坡一概不受，但他已收下了海南百姓的深情厚谊。临上船时，十几位父老流着眼泪与东坡握手告别，他们说："这次与内翰相别后，不知何时再得相见？"
东坡心知此去再无重见之日了，他情难自抑，便写诗留别海
南的父老乡亲："我本海南民，寄生西蜀州。忽然跨海去，
譬如事远游。平生生死梦，三者无劣优。知君不再见，欲去
且少留！"

夜饮东坡醒复醉，归来仿佛三更。家童鼻息已雷鸣。敲门都不应，倚杖听江声。

长恨此身非我有，何时忘却营营。夜阑风静縠纹平。小舟从此逝，江海寄余生。

贰

美的沉思
——谈苏东坡

蒋　勋

苏东坡生在公元1037年，到2037年就是他诞生的一千年纪念。我一直觉得也许在华人的世界应该有一个盛大的庆祝，因为这样的一位诗人留下了许多文学作品，不只在文学界，其实更重要的是在大众的生活里产生了如此大的影响。

　　古典诗词里有很多创作者，有的在他们的时代非常有名，比如说跟苏东坡时间差不多的宋朝词人柳永，他在北宋是一位非常热门、非常红，或者用现代语言来说，非常畅销的词人。词其实在古代是用音乐来唱的，比如说《蝶恋花》，它是一个曲调的名字。我们通常叫填词，它先有一个音乐的格律，作词的人就把文字填进这个旋律当中，让大家来唱。柳永所填的词流传非常广，我常常开玩笑说他是那个年代最红的大众歌手。古代常常说"凡有井水处，必歌柳词"。古代没有自来水，凡是要生活的人一定得靠一口井，要靠井水。只要有井水的地方都在唱柳永的歌，我想他恐怕比我们今天的很多大众歌手还要红。

柳永的词很好，直到今年也有很多人在阅读，可是跟苏东坡比较起来，我一直有一个感觉，苏东坡的词比柳永的更能够深入到大众生活当中去，更能够生活到民间，我想这是介绍苏东坡的时候第一个要提出来的。

我这样讲是因为，朋友聊天或听人讲话，忽然听到他们讲"明月几时有"，我就想这是苏东坡《水调歌头》里的句子；或者有时候听到一个人说"人生如梦"，又是他《念奴娇》里的句子；"人有悲欢离合，月有阴晴圆缺"，又是苏东坡《水调歌头》里的句子；"天涯何处无芳草"，是他的《蝶恋花》里的句子——这些几乎已经变成大众生活里非常口语化的像成语一样的语言，竟然是一千年以前苏东坡所创造的。

我有时候也会用苏东坡的例子来说当年柳永的词流传非

常广，凡有井水处必歌柳词，可是今天他的语言未必能够这么跟大众结合在一起。因此，为什么苏东坡的语言能够这么被大众接受？是我一直想问的问题。或者我也会问今天一个很红的歌手，在一千年以后，他的歌词还能够在那个时代一样畅销吗？

我想也许今天从这样的问题出发去看苏东坡的时候，就会看到畅销有的时候只是一个时间段内的，可是一千年都畅销恐怕非常值得我们去探索。为什么他的句子可以在一千年当中不断地被传颂？所以我选择了苏东坡的七首词，从《蝶恋花》到《江城子》到《水调歌头》到《卜算子》，到《定风波》，到《临江仙》，一直到大江东去的《念奴娇》，用这七首词来贯穿苏东坡的创作，也贯穿他生命里某一种不断的领悟。

蝶恋花

花褪残红青杏小。燕子飞时，绿水人家绕。枝上柳绵吹又少。天涯何处无芳草。

墙里秋千墙外道。墙外行人，墙里佳人笑。笑渐不闻声渐悄。多情却被无情恼。

苏东坡是四川人，我想一般人都很熟悉他的父亲苏洵，他的弟弟苏辙。他们从四川出来，他跟他的弟弟在同一年，两个人都是二十岁上下的时候参加北宋国家级的考试。苏东坡当时已经颇负盛名，他是一个大才子。宋朝考试的时候，有所谓的"入闱"，把考生关在一个考场里面，考试的时候不准出来，会有一个题目来书写。苏东坡那一年二十一岁就中了进士，接下来会谈他年轻时代的一些创作。我想介绍苏东坡第一首大家非常熟悉的词叫作《蝶恋花》。

这是大家也很熟悉的一个词牌，当时很多创作者都会用《蝶恋花》这样一个相同的格律跟曲调来填词。如果先有一个格律，先有一个旋律，再把字一个一个放进去，每一个字都必须要适合旋律的格调，适合旋律的格律，就会有一点僵硬。比如说我们读一首词，觉得它的句子不够自然，是由于它为了符合音乐的旋律性跟音乐的格律性所致。可是苏东坡的《蝶恋花》读起来常常让我觉得很讶异，因为它好像没有受到音乐格律的约束，非常地自然。

"花褪残红青杏小"，花朵凋零了，褪落了，花的颜色逐渐没有那么鲜艳灿烂了，所以"花褪残红"这四个字点出了春末夏初或者更晚一点，花开时凋零的季节。通常写到"花褪残红"就会觉得有一点感伤。我一直觉得苏东坡最了不起的地方，就是他是一个非常豁达的人，他看到"花褪残红"，接着说"青杏小"，杏花褪了以后会结出杏子。生命对苏东坡来讲，它是一个延续的状况，他希望我们不要只看到花的败落，应该看到花的生命完成之后，接下来就结了一粒一粒的杏子，果实出现了。所以"花褪残红青杏小"，我想这里面其实有一个非常了不起的生命领悟，不会像一般的文学创作者总是一味地感伤。

　　"燕子飞时，绿水人家绕。"这个句子是我非常喜欢的。我常常觉得苏东坡是一位非常好的画家，所以他的文学作品里面也充满画的境界。春天快要过完了，在暮春夏初的时候，燕子飞回来。"燕子飞时"这四个字根本就是口语。我刚才特别提到，一个创作者一千年来他的句子还能够流传，是因为他抓到了这个民族的语言的最基本的一种朴素。有时候一个作家再三雕琢字句，也有他个人的风格，可是很难推广。但苏东坡的"燕子飞时"，我想连小学的学生可能都会说："妈妈，燕子飞来了。""燕子飞时，绿水人家绕。"他站在一个比较高的山坡上，看到一条非常碧绿的溪水环绕着村落里的人家。这是最白话的句子，不做任何的讲解，不做任何典故的查询，都能听得懂。这或许能够解答为什么一千年来苏东坡可以如此被大众接受——因为他的语言不只是宋朝的语言，也是今天我们还在使用的语言。

"枝上柳绵吹又少。"到春末夏初，柳树就会有很多的飞絮，这个叫柳绵。像绵絮一样的飞絮到处飞、到处散落。通常很多诗词里面讲到飞絮落花，都是感伤的，因为它是凋零。但是苏东坡在这里，树枝上的柳絮越飞越少，一直在飘落，好像是感伤，可是下面接着的是"天涯何处无芳草"。这是一个了不起的句子，一千年来很多人都在使用。连我在中学的时候看到好莱坞的电影翻译过来，都叫作《天涯何处无芳草》。苏东坡有一个鼓励，不要老是站在柳绵底下去哀叹柳絮越飞越少，柳絮就是种子，柳絮飞到天涯海角，它就会落地生根，长出新的生命。我们的生命不必去在原地叹息感伤，应该走到天涯海角，有更豁达的追求。

我一直觉得很可惜，许多宋朝的词到现在都已经失去了传唱的方法，所以我们不太知道《蝶恋花》当初是怎么唱的，可是有时候一个人没事去朗读《蝶恋花》，还是觉得里面充满了漂亮的音乐性。所以有时候我也跟朋友说，其实亲近苏东坡最好的方法，就是用你最朴素、最真实的语言去朗读苏东坡。因为读苏东坡的作品不需要查字典，不需要知道太多的典故，他的语言就是最真实、最自然的语言。

《蝶恋花》在第一段当中描写了一个春末夏初的风景，接下来这个人在散步，在春天里游玩，他遇见了一件事情。苏东坡在《蝶恋花》第二段当中所创造出来的画面，我一直认为是了不起的一种电影感的画面。"墙里秋千墙外道。墙外行人，墙里佳人笑。"苏东坡在这里用了好几次的墙里墙外、墙外墙里，我将这样的一种技法叫作电影里的蒙太奇。Montage这个法文是指电影用剪接的技法把不相关的画面剪接在一起，让观众产生一种自己的联想。苏东坡走在路上，他在墙外面，所以叫作"墙外道"，可是他听到墙里面有少女在荡秋千，所以是"墙里秋千墙外道"。墙里面有秋千，墙外面有道路，隔着一堵墙，其实是两个不相关的场景，可是他用蒙太奇把它们剪接在一起。

我想苏东坡其实有他的顽皮，有他对人的好奇，也许他一直探头探脑，很想看看墙里面少女们荡秋千的样子。因为这样的季节、这样的风景，听到好听的女孩子的声音，大概他也觉得很快乐吧，我不知道是不是苏东坡的探头跟探脑有点惊扰了墙里的少女。我把这四个蒙太奇连在一起，我想大家会明白，为什么我说它太像现代的电影。因为墙里墙外、墙外墙里，在古代的诗词里几乎很少这么大胆地用这么直白的语言，完全是日常化的语言。不用查任何字典，每一个字都是最简单的字。他把一个画面用电影感的方法形容出来了。我想苏东坡对墙里面的少女有好奇，对青春的美有一种羡慕，有一种欣赏吧。我不知道他有没有爬在墙头上去偷看一下少女荡秋千到底有多么好看，或者这些墙里的美丽少女的笑声他是不是想多听一听。

我想墙里面的少女可能忽然发现有一个陌生人在窥探她们，就跑掉了。所以这首词的结尾非常有趣，"笑渐不闻声渐悄"。少女的笑声慢慢听不到了，好像跑掉了，声音越来越静悄悄的。苏东坡用了一句非常自嘲的话来做结尾，"多情却被无情恼"。他说好像我很喜欢这些女孩子，觉得她们很好看，在春天里面这么开心地荡秋千，我也只是想多看一看，可是不晓得少女是不是误会，以为他是某一种有别有居心的男子趴在墙头上看，所以他的多情被这些跑掉的少女的无情弄得有一点懊恼。

"恼"这个字用得非常好，不只是押韵押得好——这里"青杏小""人家绕""吹又少""无芳草"，都是"ao"的韵。我觉得恼更有趣的是，他不是很严重地生气，他只是觉得好好的一个心情，忽然有一点失落。本来也许可以认识这些少女，跟她们聊聊天，讲一讲春天多么美丽，结果这些女孩子误会了就跑掉了。

所以苏东坡这首词我自己一直非常喜欢，我觉得苏东坡有他的豁达，有他的顽皮，甚至有他一种年轻的狂放的个性。可是活在世俗当中，他不得不遵守世俗的某些规矩。

很多人认为《蝶恋花》是苏东坡被贬到广州惠州的时候所填的一首词，因为清代的张宗橚在《词林纪事》里面讲了这么一个故事。苏东坡被贬到惠州的时候，有一次朝云唱《蝶恋花》（北宋的词都是可以唱的，朝云出身于歌伎，很会唱这些词。）还没有唱出来，只是想到接下来要唱的"枝上柳绵吹又少"，就满脸都是眼泪。此时苏东坡被贬到南方，是他人生落难的时候，所以朝云唱这首歌的时候非常地感叹。因此一般人都认为，这首词大概是苏东坡在惠州写的。

可是我一直觉得，《蝶恋花》里面其实有一种青春洋溢的美感，"墙里秋千墙外道。墙外行人，墙里佳人笑。"我觉得是很年轻的心情，有点像今天年轻人去追一个女孩子，那种爱恋的感觉。所以我自己倒不觉得一定是苏东坡被贬到惠州才写这首《蝶恋花》。年轻的时候，我们在一起唱过一首很快乐的歌，隔了三四十年，朋友再聚在一起唱这首歌的时候就觉得好感伤，不是歌词变了，也不是曲调变了，是我们自己的心情变了。所以当时朝云满脸泪水。我想并不能说明这首词一定是苏东坡那个时候写的，也有可能是他年轻的作品，因此这个时候唱起来才有一种特别的感伤。

　　所有的创作者都经过青春的年龄，然后慢慢开始认识人生的伤痛、人生的遭遇、人生的一些苍凉。

江城子

乙卯正月二十日夜记梦

十年生死两茫茫。不思量。自难忘。千里孤坟，无处话凄凉。纵使相逢应不识，尘满面，鬓如霜。

夜来幽梦忽还乡。小轩窗。正梳妆。相顾无言，惟有泪千行。料得年年断肠处，明月夜，短松冈。

《江城子》也是一个词牌、一个曲调的名字，在词牌后面，东坡自己写了一个序，短短的一句话，"乙卯正月二十日夜记梦"。农历一月二十号的晚上，苏东坡做了一个梦，梦到了第一任太太王弗。因为这个梦，他写了这首词。他写这首词的时候，王弗已经死去了十年了。他们两个是少年夫妻，王弗嫁给苏东坡的时候只有十六岁，那一年苏东坡十九岁。我们可以想象一下，十六岁的王弗，大概还是我们今天高一、高二女生的年纪，而十九岁的苏东坡也大概就是高三、大一男生的年龄，好年轻。

他们两个人在公元1054年结婚，1065年，王弗去世了。苏东坡当然对于第一任妻子，有过十年缘分妻子的死亡有哀痛，可是他自己在官场做官，他也有新的生活，后来娶了王弗的堂妹王闰之做第二任太太，生活里他不见得一定会特别去想起第一任妻子王弗。可是很奇怪，他忽然做了一个梦，梦到了王弗。

"十年生死两茫茫。不思量。自难忘。"他一开头就说你已经死了十年了，死去十年我还活着，所以在生死的路上，两个人不能够见面。我觉得下面的句子很少有人特别去想，是多么真实的句子，因为他说"不思量。自难忘"。通常一个人写他的妻子死亡，总是讲他多么爱她、多么想她，简直是茶不思、饭不想，24小时都在想。苏东坡讲得很特别，他说"不思量"，我平常好像没有特别想你。可是我每次读到这三个字都觉得这是多么真实的话，因为其实每个人的生活都有自己每一天忙碌的事情，苏东坡也不可能24小时都在想王弗。平常并没有特别想，可是会在梦里相见，一定是还没有忘掉。

这是我特别要提出的《江城子》的伟大之处，它的伟大刚好是因为它真实。我们常常会觉得古代文人的情感非常浪漫，包括我们今天很多的歌手，大概写情感都是写得比较浪漫的。可是其实原配夫妻很少浪漫，原配夫妻大概就是柴、米、油、盐、酱、醋、茶，生活在一起。尤其在年轻时候就做了夫妻，大概都要担当很多生活里面琐琐碎碎的事务。所以我常常跟朋友开玩笑说，如果把古代诗词里最美的情诗搜集一下，好像很少是写给原配的。可是我好高兴苏东坡有一首《江城子》留在历史上，让所有的原配安心，因为我相信原配的情感是其他的情感不能够取代的。有些情感浪漫、美丽、灿烂，像烟火一样。可是原配夫妻的情感其实就是柴、米、油、盐、酱、醋、茶，它甚至不是山珍海味，只是粗茶淡饭。

我觉得苏东坡在写《江城子》，怀念他第一任结发十年的妻子王弗的时候，他的文句也非常朴素，完全是生活的语言。十年无法相见，一个活着，一个死去了。平常自己忙碌着生活里的事情，也有新的妻子，所以不思量，可是自难忘。非常深的缘分跟情感，最深的缘分、最深的情感其实不是每天在那边说我爱你，它是忘不掉的，想忘都忘不掉，是身体上的记忆。

苏东坡那个晚上做了一个梦，梦到王弗回来了，他觉得好感伤。因为十年没有见面，他自己经历了很多事情，尤其在官场可能受到很多小人的打击。所以他就跟王弗讲，跟那个十六岁嫁给他的美丽的女子说，"纵使相逢应不识"，我们即使在路上见面，大概你已经认不出我了。因为十年光阴他自己遭遇了好多事情，到处做官流放，满脸都是灰尘，"尘满面，鬓如霜"，年纪大了，两鬓已经开始有白头发，这是十年前就死去的王弗不会认识的容貌。两个人新婚的时候是十六岁、十九岁的容颜，可是苏东坡想要告诉王弗说，我现在已经不是十九岁的样子了，不是你去世时候的年轻人的样子，我已经老了。我想最深的情感最怕的是有一天无法相认。

苏东坡《江城子》的深情在今天能够感动这么多的人，恰好是因为它用了最真实的语言，最朴素的语言。里面没有一点点的雕琢，没有一点一点的刻意的矫情。所以文学作品很多，创作文学的人非常多，可是能够像苏东坡在一千年当中，句子不断地被流传，在民间产生这么大的作用，是因为他抓到的是最基本的人世间的情感。我一直觉得这首词能够让所有的原配安心，因为人的生命不是那么简单的。王弗去世的时候，苏东坡也不过才二十九岁，所以他的生活要有人照料，他也要有新的情感，孩子也要有人照顾，所以他就娶了王闰之。可是我们也不认为一个男子有了第二次婚姻，就一定是对第一任婚姻不忠的。

苏东坡语言的朴素、平实其实也是情感的真实，完全不矫情。特别是我一再强调的"不思量。自难忘"这一句所呈现出来的一种真实情感。他怀念王弗，他记得王弗十六岁嫁给他的时候，那种美丽的容颜。苏东坡怀念已经死去十年的妻子，也感伤于妻子在这么遥远的孤坟中（王弗后来归葬故乡，所以苏东坡走到天涯海角，大概心里也牵挂着那个孤单的坟墓吧。）当年十六岁、十九岁两个人新婚，而现在好像没有人可以去温暖对方。

苏东坡在感伤之后，觉得他在梦里忽然回到了故乡，回到了十六岁的王弗嫁给他的那个故乡，回到了自己十九岁英姿风发的故乡。他描写了一个非常美丽的画面，"小轩窗，正梳妆"，一个打开的窗户。我们知道古代的照明设备没有那么好，所以女子清晨起来化妆，可能要把窗户打开，对着窗户外面的阳光，让阳光照到镜子上，然后在镜子里开始梳妆，梳头发、擦粉、抹胭脂打扮。只用了六个字，"小轩窗。正梳妆"。十九岁新婚的苏东坡，每天在欣赏着自己新婚的妻子，十六岁的王弗打扮得非常美丽，我相信这是苏东坡永远忘不掉的画面。

如果我们的人生有一个可以记得的画面，有一个永远忘不掉的画面。我相信即使对方去世十年，自然是"不思量。自难忘"的。所以《江城子》里有一种情感的真实，同时又把情感从沧桑里带回到回忆，因为有这些美好的回忆，所以情感其实也是天长地久的。苏东坡所有的作品里不管他再落难、再受苦、再感伤，还是有他对美丽的追求。所以《江城子》里忽然转出了"小轩窗。正梳妆"，可以感觉到一个年轻的妻子对着阳光化妆的美丽，她觉得人生有这样的美，一生都没有遗憾。

苏东坡从来不会在落难受苦当中一味地抱怨跟诉苦，他总是忽然就转出一个非常美的画面，让你知道因为美丽，所以即使受苦也都是值得的。"夜来幽梦忽还乡"，好像回到了故乡，在梦里妻子还是十六岁的美丽的少女，可是现在十年生死两茫茫了，两个人彼此对望，讲不出话来，惟有泪千行。我记得有时候在黄俊雄的布袋戏里都能听到这样的句子。一定要注意苏东坡许多伟大的文学作品，最后都可以在非常通俗的民间活动中出现，大家都能听得懂。

"相顾无言，惟有泪千行。"有一天我们面对人生最深情处，其实是不用说话的，其实也是说不出话来。那个时候的眼泪好像是感伤，也是喜悦过以后的感伤，是一种复杂的情感。他想告诉王弗，每一年到王弗去世的忌日，叫作肠断处，人生最痛苦的那个时刻。"明月夜，短松冈"，那个夜晚那样的月亮，那样的月光落在长满了松树的山冈，那个孤坟所在的地方，好像他们还要在梦中相见。

我想无须查字典，不必刻意去找典故，好好地朗读《江城子》，就是懂了它。

水调歌头

丙辰中秋，欢饮达旦，大醉。作此篇，兼怀子由。

明月几时有？把酒问青天。不知天上宫阙，今夕是何年。我欲乘风归去，惟恐琼楼玉宇，高处不胜寒。起舞弄清影，何似在人间。

转朱阁，低绮户，照无眠。不应有恨，何事长向别时圆。人有悲欢离合，月有阴晴圆缺，此事古难全。但愿人长久，千里共婵娟。

《水调歌头》是大家很熟悉的作品，我记得被选在教科书里。所以大概在中学以后，很多人都会很自然地念起"人有悲欢离合，月有阴晴圆缺"。这些句子好像已经不是苏东坡的句子，变成大众的句子。因为这么口语化，这么简单，可是又是大家共同的愿望。

苏东坡在中秋节的晚上写了这一首作品，他特别有一个短短的著名的序。丙辰中秋，他四十一岁那一年过中秋节，跟朋友一起喝酒，一直到日出，一晚上都没有睡。他的生活其实是蛮快乐的，有时候我们过分强调东坡怎么受苦，好像也不完全正确。当然，他被流放遭受政治陷害是痛苦的。我常常跟朋友说，不要想象苏东坡是一个每天皱着眉头苦哈哈的人，我觉得他随时随地都能让自己快乐起来。中秋节晚上跟朋友聚在一起一整晚都不睡觉，喝得大醉，写了这一首词，兼怀子由。

很多人认为这首诗是他怀念在远方的弟弟苏辙的。苏子由当时没有跟他一起过中秋节，他大概也觉得有点遗憾。兄弟两个感情很好，没有在一起，于是他就寄了这首词给他的弟弟。可是基本上他刚开始动念写这个作品的时候，不是为了弟弟，不只是为了弟弟。我特别认为这首作品之所以流传这么广，是因为它有一种普世的愿望。所谓普世的愿望是说，如果中秋节的晚上我跟我自己最亲的人聚在一起、团圆在一起，我会扩大这个情感，会觉得说是不是每一个人今天晚上都有机会跟他希望在一起的人相聚。如果没有，就是"人有悲欢离合，月有阴晴圆缺，此事古难全"。

苏东坡在最后发了一个很大的愿望，"但愿人长久，千里共婵娟"。他希望普天之下，所有人的身体都能够健健康康的，能够好好地生活着。即使不能相聚，可是借着今天晚上月圆的月光，哪怕一个人在北美洲，一个人在欧洲，一个人在台湾，只要共同看着月亮就好像相聚了，这个叫作"千里共婵娟"。如果把这个内容分析一下，比较容易了解到苏东坡普世的大愿望。普世的大愿望不会只是刻意地表现我是一个文学家，我是诗人，我要表现我自己，卖弄我的词汇，写出一些别人不容易读懂的东西。苏东坡觉得他只是要讲大家心里面想讲的那一句话："但愿人长久，千里共婵娟。"

现在很多人也在写现代诗，大概不敢写"但愿人长久"。因为太平凡、太简单了。可是每次读到这五个字还是有一种动容，我想文学不应该离开生活里面共同的普世愿望。这样的愿望使得《水调歌头》一千年来还被朗读，这个愿望还是今天我们最重要的愿望。我想这个部分才是我们亲近苏东坡必须要掌握到的一些东西。

《水调歌头》我想大家很熟，可是一开始我觉得他讲

"明月几时有？把酒问青天"是非常口语化的句子，我觉得他有一点受李白的影响，因为李白常常"花间一壶酒，独酌无相亲。举杯邀明月，对影成三人"。我们把李白叫诗仙，他是天上的仙人，只是偶然到人间来跟我们玩一玩，就走了。

　　苏东坡也觉得自己的故乡不是在人间，而是在天上。这么好的月光，这么美的月圆的夜晚，多么难得。他喝醉了，喝醉了以后人会有一些狂语出来，平常的拘谨、压力、规矩都解放了。所以就会把酒问青天，好像天是一个可以对话的朋友。他就拿了一杯酒问青天"不知天上宫阙，今夕是何年"。东方一直相信天上的岁月、时间跟人间是不一样的。爱因斯坦一直在证明，时间是相对的，并不是绝对的。小时候读神话，常常说天上一日，人间可能已经过去十年或百年。所以他在拿着酒问着天上的宫阙今夕是何年的时候，其实是有一点想家了，可是这个家不是他人间的故乡，是天上的故乡。我也常常跟朋友说，我们会不会有一个心灵的故乡，并不在人间，是在宇宙的哪一个角落呢？我想这首词就从这样的一个宇宙意识打开了它的第一个画面。

　　从《水调歌头》第一段，我们可以感觉到苏东坡的某一种孤独。孤独跟我们在世俗里讲的寂寞不太一样，孤独是可能一个生命有他的非常高的怀抱的时候，他会觉得在世俗里跟所有的人对话，不见得都能够非常地了解彼此。我们觉得很多创作者会有一个很奇特的孤独感，那个孤独感使他会跟月亮讲话，会跟山水讲话，或者跟一朵花讲话。我想古今中外的诗人都有这样的一个情怀，我称它为孤独感。我觉得这样的一个孤独感是使他能够暂时离开人群的。那个晚上也许有一些朋友一起在喝酒，大家吵吵闹闹的。可是我们在特别热闹的场所，会忽然生出一种孤独感。东坡那个时候好像离开了人群，问他天上的故乡，什么时候他能够回去。"我欲乘风归去"，很想回到那个天上的故乡。这个孤独感是因为在人世间觉得琐琐碎碎，好多斤斤计较的东西，能不能把这些东西解脱了，回到天上那个洒脱的世界去？可是好像又有点害怕，又有点担心，不知道现在这个天上会不会太冷。

我觉得这几个句子不是很容易解释。好的创作者像苏东坡，他是两难的，他在人群的热闹中很想疏离出去，去寻找他自己的孤独的一种完美感。可是一旦走出去，又觉得好冷，很想回到人间的温暖当中。我称它为"两难"，是说古今中外很多诗人的孤独感当中都有这种两难，越是在人群的热闹当中越觉得我想出走。要走了可是又"惟恐琼楼玉宇，高处不胜寒"，又想回来，很自然地就把两难的态度讲出来，最后变成一个画面，"起舞弄清影，何似在人间"。这是非常像李白的句子，李白后面就是"我歌月徘徊，我舞影凌乱"，喝醉酒了以后唱着歌，好像跟月亮一起走动，在那边跳起舞来，觉得影子在地上一片凌乱。

苏东坡觉得即使没有乘风归去就在人间，可是其实已经不像在人间了，一个人自我解脱出去了。所以这一段讲到月光，讲到月光如何"转朱阁，低绮户，照无眠"，大概朋友都走了，喝醉了酒睡不着觉或者酒醒了以后，无眠的苏东坡感觉到月光一直在流动，穿过门窗，照到自己身上，其实是时间在流转。他觉得我为什么睡不着觉，人世间不应该有恨，也不应该有遗憾。因此他出现了普世大愿，他说人活着一定有悲欢离合，就像月亮存在一定有阴晴圆缺，此事古难全。

这些句子大概都是一般诗人不太敢写的，因为太平凡，太简单，太世俗。可是东坡用得极好，是因为他觉得这是普世的大愿望，所以他就直接用出来。在创作的世界里，我们佩服苏东坡，他可以不避俗语，可以把这么平凡的语言直接说出来。有时候觉得文学困难不是难在词汇字句的雕琢，而是难在能不能发一个大愿望。如果一千年来，这个大愿望发出来了，所有人都感受到了，它才能够不断地有共鸣。在苏东坡同时代有很多人词都写得很好，甚至比苏东坡还有名，可是一千年来很多人被忘掉了，最后剩下了苏东坡的《水调歌头》，因为他的句子在今天还是最生活化的，也是最现代化的。

卜算子

黄州定慧院寓居作

缺月挂疏桐，漏断人初静。谁见幽人独往来，缥缈孤鸿影。

惊起却回头，有恨无人省。拣尽寒枝不肯栖，寂寞沙洲冷。

《水调歌头》是苏东坡四十一岁的作品，《江城子》是他四十岁的作品。到了四十岁，到了四十一岁，走到人生的中途，苏东坡当然有他在政治上起起伏伏的愉快或者不愉快。当时刚好是北宋党争最严重的时候，旧党新党都在斗来斗去。很多人会很自然地把苏东坡归于旧党，跟司马光、欧阳修这些人归属在一起。我想主要原因是他后来在政治上被陷害的时候，打击他的小人都是属于新党。大家认为苏东坡反对王安石的变法，可是如果我们在历史上很仔细地去看一些资料，我觉得苏东坡不应该完全被归在旧党。其实在旧党执政的时候，苏东坡常常也反对旧党的意见；而在新党执政，王安石执政的时候，他并没有完全反王安石的很多政策，他只是认为王安石很多政策在推动过程当中，伤害了老百姓，有点操之过急。所以其实他是一个非常个人主义的，不是以党派来论的人。他不是一个归在哪一个党派，就一定要骂另外一个党派的人。他是很公正的。所以我觉得这样的人很倒霉，因为两党都不喜欢他，旧党觉得你怎么会帮新党说话，新党也觉得你怎么会帮旧党说话。

　　写完《水调歌头》以后再过三年，他就遭遇了人生上最大最大的苦难，乌台诗狱。乌台是当时的御史台，专门提出对官吏的审核，有很多的御史大夫。据说因为关犯人的地方旁边有很多乌鸦，所以俗称"乌台"。元丰二年1079年的时候，四十四岁左右的苏东坡被下到乌台监狱，他当时吓得个半死。这个案子依据历史来看，小人已经做了很久的功夫，从他所有出版的文集里面一个字一个字挑出来，说哪一个字是讽刺什么，哪一个句子是什么意思，我想苏东坡自己都吓一跳，因为他平常写诗很自在。他没有想到他写了一棵松树，说它很像龙，树根一直长到黄泉里面，长到地底下去，这一首诗会被人家拿来批评说龙是皇帝，讲龙入土，就是诅咒皇帝。小人就这样把他的句子一个字一个字地拿出来，去做莫须有的审问。

我想历史上很少有文字狱是这么严重的，在监狱里面每天去拷问他，关了一百多天。这个文字狱，后来牵连到七十几个人，二十几个人都受到惩罚。小人原本要把苏东坡判成死罪，可是也有很多人在营救他，其中包括新党里面最重要的人物王安石的弟弟王安礼。他们觉得这是一个有才情的人，政府不能去杀一个手无寸铁的士大夫。

被押解到京城去的半路上，苏东坡就自杀过。他是一个很开心很快乐的人，看到人家女孩子荡秋千就会开心得要命的。可是大概从来没碰到这么恐怖的事情，他半路上就决定自杀，后来没死成，可他身上一直藏着金丹，随时准备要自杀。他也知道这些小人是不会放过他的，因此他在监牢里写了绝命诗，传出来给他的弟弟。他觉得自己受苦没有关系，不能牵累十口之家，让他自己的家人，他弟弟的家人都受牵累。

在绝命诗中给他弟弟说大概他不会活着出来，"是处青山可埋骨，他年夜雨独伤神。与君今世为兄弟，又结来生未了因。"我每次读到这个句子都觉得很奇怪，苏东坡写这个诗的时候在监狱当中受最大的苦，这么多小人陷害他，可是他记得的人间的缘分是"与君今世为兄弟，又结来生未了因"。他还是觉得人生应该对缘分有所怀抱，希望跟他的弟弟来世还做兄弟。

元丰三年，1080年，经过很多人的营救，包括当时的太皇太后都出面营救，苏东坡得以被免除死罪，下放到黄州，一个小小的江边的村落。小人窃窃高兴，觉得苏东坡终于被害到了。我觉得对一个了不起的创作者而言，这件事情当然是苏东坡一生最困难的功课。在这个时候他下放黄州，刚开始跟他家人连住的地方都没有，就住在庙里面，住在定慧院。大概半年以后，朋友才帮他找到了一块军队废弃的、军营东边的坡地，在临皋亭。他经营了这块东边的坡地，并有了一个号，叫作"东坡"。东坡是说东边的坡地，我落难了，我可以住下来。所以他没有名字了，他就变成东坡。我觉得他有一点告诉自己随遇而安吧，有这样一块东边的坡地可以种菜过日子，也很好。

刚到黄州这一年，大概是苏东坡心情最不好的时候。因为从监牢里放出来，他会回想很多东西，被逮捕的过程，被拷问的过程，小人辱骂他的嘴脸。他大概觉得很恐怖，所以其实他常常睡不着觉，在定慧院晚上半夜他会拿了拐杖出来到处乱走，一个鸟飞起来就被吓了一大跳。

我一直觉得《卜算子》非常能代表他这一年当中的某一种心情。"缺月挂疏桐"，一个残缺的月亮，挂在稀稀疏疏的桐树的树枝当中，描绘出一个很荒凉的风景。前面讲到的《蝶恋花》《江城子》《水调歌头》，都没有这么哀伤。《卜算子》是他非常哀伤的一首作品，刚从监牢出来，他的心境太郁闷了。

"漏断人初静"，漏是古代的时钟，通过听水滴的声音来算时间。苏东坡完全睡不着觉，一直想又到几点钟了。很多人都睡着了，很安静，可是他一个人睡不着觉。我想他大概也在讲他的心情没有办法平复，不能够安静下来。受了这么大的委屈、这么大的陷害，越想大概会有更多的气愤。

"谁见幽人独往来"，这是一个问号，谁见？有谁看见一个这么孤独的人，孤独地走来走去？不是讲晚上他自己一个人走来走去，在缺月挂疏桐的荒凉风景里走来走去，而是讲我怎么变得这么孤独？"缥缈孤鸿影"，他忽然看到江边有一个大雁飞起来。

通常苏东坡看到花、看到鸟都很开心的，他觉得是他的朋友。可是这里的用句非常特别，"惊起却回头"。他被飞起来的鸟吓了一大跳，回头去看鸟飞起来。这个"惊"字非常有意思，真是胆战心惊，受过政治陷害从监牢出来，他觉得处处心惊，他不知道那些人还会继续怎么害他。所以心里面充满了恨，可是没有人知道，没有人懂我。苏东坡很少在他的作品里说有恨，所以我想这一首作品代表了定慧院时期苏东坡很特殊的心情，遭受到政治大陷害以后，最痛苦的状况。

可他在《卜算子》最后的结尾说了两句话，"拣尽寒枝不肯栖"，他说鸟飞来飞去，要找一个树枝停下来，在荒凉的寒冷的夜晚想找一个树枝停下来，可是选来选去好像没有地方可以停留。当然他在讲鸟也在讲他自己，我不愿意跟这些人随波逐流，我如果讲一点好话，其实也就可以去做大官。可是他不愿意做这样的人，他不愿意去敷衍这些人，跟这些人妥协，宁可非常寂寞地飞到河当中的沙洲上，去忍受最冷的孤独感。我想这里面其实有苏东坡的一个表白，说明他不愿意与这些小人妥协，他还是要坚持他自己内在世界最孤傲的一种情怀。

我认识很多写作的朋友，很多知识分子，都很喜欢苏东坡的这首《卜算子》，我觉得它当然是苏东坡一生当中极具代表性的一首作品。可是我也必须要提醒大家，我曾经试着去问一些不是在文学界的朋友，可能是IC产业[1]里的朋友，可能是开小餐馆的一个朋友，问一些不属于文学世界的人《卜算子》，很多人都没听过，可是问他《水调歌头》，"但愿人长久，千里共婵娟"，他都听过。所以我忽然有一种恍然大悟的感觉，《卜算子》当然写得很好，可是这个好是在知识圈子里的好，它是一个文人受伤以后的痛苦。可是对大部分的老百姓来说，每一天都在很辛苦的生活里忙碌着，他们

---

1 IC产业：即集成电路产业。

其实感受不到《卜算子》里的心酸。

在介绍七首苏东坡的作品里面,《卜算子》虽然是好作品,可是并我不觉得它是苏东坡人生常态的作品,所谓的常态就是普世大愿。文人有他的心酸,可是心酸一定要适可而止。可以想象一下,四十五岁下放黄州,如果苏东坡一直怨恨,一直有恨,恨这些小人,恨他的遭遇,不断地讲他的委屈,如果一直这样委屈下去,活到六十几岁,他不会有好作品。因为之后他要写《念奴娇》,要写"大江东去,浪淘尽"。如果一直有怨恨,他写不出那么好的作品。

《卜算子》只是文人的心酸,它不是普世大愿。你很痛苦,不错。你受伤,不错。你受委屈,不错。可是你一直重复你自己的委屈,就是自怜。我想在好的文学世界恐怕不会赞美这样的生命。

定风波

三月七日,沙湖道中遇雨。雨具先去,同行皆狼狈,余不觉。已而遂晴,故作。

莫听穿林打叶声。何妨吟啸且徐行。竹杖芒鞋轻胜马。谁怕？一蓑烟雨任平生。

料峭春风吹酒醒。微冷。山头斜照却相迎。回首向来萧瑟处。归去。也无风雨也无晴。

在这一次介绍的七首作品里，《卜算子》刚好放在中间，它是苏东坡要做的一个大功课，他一定要有一天没有恨，过了这一关，才能写出更好的作品。接下来要介绍的《定风波》，就是他在黄州这四年心境转好了以后所作的。

他下放黄州刚开始住在定惠院，受很大的苦，监牢的那种难过的东西还没有办法完全摆平，心情没有办法平复，所以心惊、有恨这些字眼会在《卜算子》里出来。到了第二年第三年，他有了一块东边的坡地，就开始跟老婆争执说，可不可以一部分种可以做饭的米，一部分种可以酿酒的米，因为他很爱喝酒。他又回到生活里去，又开始觉得生活其实可以很开心。他自己盖了一个书房，乡里都来给他帮忙，盖成了以后他叫它"雪堂"。他就在那里写了《赤壁赋》，写了《寒食帖》，写了"大江东去"，写了他一生最好的作品。

所以这个时候他必须要有一个转换，必须从《卜算子》的哀伤当中转过来。

《定风波》大家都记得，"莫听穿林打叶声"，不要去听下雨的时候雨打在叶子上的声音。他讲的不是下雨，是小人。你如果一直听小人琐琐碎碎的声音，你就完了，你的生命就完蛋了，你就被纠缠。"何妨吟啸且徐行"，在雨声当中不妨唱着歌，好好地走下去。这首词里面最美的句子莫过于"回首向来萧瑟处，也无风雨也无晴"。今天回头去看走过来的那条萧条的路，他讲的是自己关在监牢的那条路。也无风雨也无晴，这个时候会发现他觉得风雨可能是陷害，晴天可能是阳光普照，可是风雨也好，阳光普照也好，你自己必须好。你如果老在那边讲风雨，在那边抱怨，每天都是风雨。因此"也无风雨也无晴"，是在《卜算子》之后，苏东坡非常重要的一个心情转换。

《定风波》开始有一个序，讲到三月七号，苏东坡跟有一些朋友走在沙湖道中，突然下了大雨。当时有一些陪伴他们的人，预计这天会下雨，所以带了很多防雨的东西。可是雨具已经先走了，所以同行的人非常狼狈，被风雨打得乱七八糟，大家都想要躲雨，可是在荒郊野外也没有地方躲雨。东坡就特别在序里面说：我不觉得这个风雨有什么关系。没有多久，风雨停了，天也晴朗了，他忽然很有感触，就写了《定风波》这一首作品。讲那一天突然下雨了，雨下得很大，把树叶都打得唰唰作响。人生如果碰到下雨，你可能觉得很倒霉，为什么我今天出来玩刚好碰到了下雨，可是苏东坡借着这件事情提醒自己，人生本来就会碰到下雨，与其不断地抱怨，不如静下来去好好地去听穿林打叶的声音。雨声打在树叶上，其实很像音乐。这是苏东坡非常重要的一个心境上的转换，当他看着同伴非常狼狈地躲来躲去的时候，他说不妨唱着歌，慢慢地走。用一种缓慢的方式去欣赏风雨中穿林打叶的声音。

我想我们知道苏东坡是在写风景，是在写这一天天气的改变。当然更重要的是，他也在写他人生中非常大的一个功课做完了，所以他可以放慢脚步，一路走来开始欣赏所有别人觉得可能不好的事物。苏东坡在他的中年，在他从监狱出来以后，落难之后，忽然觉得穿林打叶的雨声，都可以变成人生里用来欣赏的对象。他手上拿了一根竹子做的手杖，穿着草鞋，"竹杖芒鞋轻胜马"。我们有时候会很在意身上是不是穿着名牌，或者用着很好的东西，能不能够坐着一个奔驰的车子出来旅游。可是苏东坡觉得自己穿着草鞋在风雨中走路，其实比骑着马还要舒服，因为可以放慢脚步慢慢地走。外在的环境可能不好，但是你干吗要担心，干吗要害怕，"一蓑烟雨任平生"。我想他这里讲到的"一蓑烟雨任平生"，也有点让人想到行走于江湖之上的渔民，他们戴着斗笠，披着蓑衣，他们一辈子就这样过去，也不见得会觉得这一生一定是不好的，只要能够在江上打鱼，哪怕穿着就是一件草编的蓑衣而已。

"料峭春风吹酒醒。微冷。山头斜照却相迎。"东坡很爱喝酒，常常在旅途当中跟朋友聚在一起，他就喝酒。这是一个初春的季节，风雨也是忽然来忽然就停，有一点阴晴不定。所以他讲到在春风里面还觉得有点冷，有点寒凉的风，把他的酒气都吹醒了，看到雨快要停了，西边的山头上，夕阳已经有点西斜。这里在做一个转换，刚才是在泥泞当中走路，现在忽然发现天朗气清，变成了好天气。虽然感觉到有一点淡淡的寒冷，初春的寒凉，可是也感觉到好像已经要到了落日晚霞的夕阳时刻，会有很漂亮的光。现在回头去看自己走过的路，那条路很荒凉很萧条，刚才下雨的时候满地都是泥泞并不好走，可是现在其实可以回家了，也无风雨，也无晴。他讲的当然已经不是天气。我们的一生会碰到风雨的日子，也会碰到晴朗的日子，重要的是回头去看自己一生的时候，风雨的那些天，其实是好日子，晴的也是好日子。我总不至于回头去看的时候，把我自己一生的六十年、七十年、八十年中风雨的日子都扣掉，认为那不是好日子，所以也无风雨也无晴。

多少人都在用这个句子，甚至有时候看到很民间的老百姓出口就说"也无风雨也无晴"。我们有时候很希望东坡没有遭遇到被小人陷害，没有遭遇到下监牢，没有遭遇到被下放到这么荒凉的一个河边的小地方。可是又好为难，倘若苏东坡在他四十几岁没有遭遇到被小人陷害，没有遭遇到下监牢，没有遭遇到被流放，他不会写出这么好的作品。这些好作品是在他自己受苦之后才出现的一个心境上的转换。所以我常常提到，对他来说这是一个重要的功课。也许旁边的人都在嘲笑他说你看你这一下受苦了吧，平常很得意的一个苏东坡忽然下放到这种荒野的地方，可是我想苏东坡很安静地在做功课，特别是从《卜算子》的"有恨"到"也无风雨也无晴"。这一两年当中他的心境转变太惊人了，这个转变才会有后面他更好的作品出现，即就是《临江仙》以及《念奴娇》。

一个人受了伤，受到打击，一定会有委屈，会有抱怨，一定会有觉得自己可怜跟不平的情绪，就是有恨。但一个重要的创作者必须要能够超越这些有恨，怀抱着恨不会写出最伟大的作品，必须把这个恨转换过来。所以到了《定风波》的"回首向来萧瑟处，也无风雨也无晴"的时候，苏东坡的人生境界跳了一大步。

临江仙

夜归临皋

夜饮东坡醒复醉，归来仿佛三更。家童鼻息已雷鸣。敲门都不应，倚杖听江声。

长恨此身非我有，何时忘却营营。夜阑风静縠纹平。小舟从此逝，江海寄余生。

接下来要介绍他非常重要的一首作品《临江仙》，也是我自己私下非常喜爱的一首作品。我喜爱它的原因是经过《定风波》这样心境的转换之后，苏东坡回到了更平凡、更简单、更民间的口语。

"夜饮东坡醒复醉"，夜晚在东坡喝酒，醒了又醉，醉了又醒。读第一句的时候，你还感觉到这个词作者大概心情多多少少还是有一点愁闷的东西。一个人喝酒喝醉了过一会儿醒来又喝，醒了又醉，他在讲自己好几个在黄州孤独的夜晚。因为我们特别强调他当时被下放到黄州，等于是朝廷的政治犯，他写信给朋友，很多人不敢回信，所以那个时候他非常地孤单。他的个性本来就是喜欢跟人在一起的，可是偏偏这一段时期就变得非常地孤独，也觉得不要去牵连别人吧。所以"夜饮东坡醒复醉"，醒了又醉，醉了又醒，不断地喝酒，好像有一点想去疏解心里面的愁闷跟一些哀伤。

回到家的时候，"归来仿佛三更"，好像已经是三更半夜了。大家有没有发现，"归来仿佛三更"用今天的口语来念还是最好的白话。他回家已经三夜半更了。那个年代照明设备不好，家里的人很早就睡了，负责替他看门的一个家童，早已呼呼大睡。苏东坡在那边叫门、敲门，也没人替他开门，他就写了一句"家童鼻息已雷鸣"。他在墙外面门口都听得到为他看门的家童睡觉睡到这么死，鼻子打呼的声音像打雷一样。我常常跟朋友开玩笑说，这一句根本不像诗，现在很多诗人也不太敢用"鼻息已雷鸣"。可是这时苏东坡功课做完了，觉得写诗就是在疏解自己生命里的一些真实的情境，为什么有些可以写诗，有些不能写诗？所以他的语言越来越大胆，越来越自在。

"敲门都不应"，它就是白话，敲门没有人来开门。东坡到了一个境界，一千年来他的语言可以是最好的古典，也是最好的现代白话，对他来讲根本没有任何阻碍。有时候我们自己写诗就很害怕，为什么活在21世纪，21世纪的人都读不懂我的诗。为什么他们听"敲门都不应"反而都能读懂？是不是因为苏东坡的语言的能力其实是抓到了庶民文化最广大的基础？

"敲门都不应，倚杖听江声。"这十个字在描写一个画面，有一个人敲了门、按电铃，没有办法进门，他可能就会生气，觉得我按了半天门铃，怎么没有人来替我开门？我们有时候回到家没有人替我们开门，我们心情烦躁，没有耐心，等到那个人开了门就骂他一顿之类的。但苏东坡在这个时候有一个心境的转换，既然敲门都不应，既然进不了门，忽然发现原来门外面就是一条大江，这个时候的水声在夜晚这么好听，我都没有机会好好听到，白天比较嘈杂，也不容易感觉到江声。以他就依靠着手杖，倚杖听江声。我想这十个字也在鼓励我们，心境上稍微转一下，你要抱怨的事就会变成欣赏。

在听着江水声音的时候，苏东坡开始对自己的生命有了很大的反省。今天晚上月光特别好，今天晚上江水的声音特别好，就是一个很难得的机会，可以安静下来去思考自己的一生，二十年、三十年、四十年到底在追求什么？听着大江流去的声音，苏东坡忽然有一个反省，"长恨此生非我有，何时忘却营营"。我们初读的时候可能有一点讶异，为什么苏东坡觉得长久以来自己觉得最遗憾的是这个身体从来不属于自己？可是如果细心地去想，比较深刻地去读这一句，想一下自己几岁？为什么活着？可能为父母读书、为父母考试，到了某一个年龄，结婚生子，成为父母之后，有时候又为孩子活着。这里其实有一个非常深的探究，我们曾几何时，已经没有办法做回一个真实、完整的自己。总是忙忙碌碌的，不知道在忙什么事，好像这个身体在为其他人活着。

苏东坡其实很重视"我"，"我"是一个很圆满的

"我"，是一个回来做自己的"我"，而不是一个每天忙忙碌碌为一些琐碎的事情而活着的"我"。所以他特别说"何时忘却营营"。我觉得他很了不起，他并没有说自己已经做到，可以忘掉琐琐碎碎的事。人活在人世间，柴、米、油、盐、酱、醋、茶，必须有很多"营营"，这个"营"就是"营生"的"营"。人每天辛苦地工作其实就为了营生，赚一点钱养活自己，或者养活自己身边关心的人。可是苏东坡问自己，什么时候我才能够忘掉这些琐琐碎碎的、为生活奔忙的事情，回来做自己，做一个圆满或幸福的自己。我一直觉得这一句不是结论，而是问答，自己问自己，没有答案，暂时没有答案。只是问自己能不能多一点时间关心身体，能不能做更圆满的自我。

"夜阑风静縠纹平"，夜已经很晚了，风也安静下来，水波的纹路也很平静。"小舟从此逝，江海寄余生。"如果这个时候要发一个愿望，他希望坐着一只小船，就在江海当中，度完剩下的生命。

这是苏东坡在心境转换以后，自己跟自己的自问自答。一个诗人在创作里面的心情跟他在现实里的心情是不一样的，不要以为读完这首词，苏东坡就从此"江海寄余生"。

其实后来因为政治上新党旧党的斗争，有时候他又被起用，变成政府里面非常重要的人，他又充满了热情去改革政治，可接下来又被下放，好几次浮浮沉沉。我想大概他读到自己的这首作品，"何时忘却营营"，也有很大的感慨。一直到他生命的最后，被贬到海南岛，他都没有完全丢掉对现世的关心。

念奴娇

赤壁怀古

　　大江东去，浪淘尽、千古风流人物。故垒西边，人道是，三国周郎赤壁。乱石穿空，惊涛拍岸，卷起千堆雪。江山如画，一时多少豪杰。

　　遥想公瑾当年，小乔初嫁了，雄姿英发。羽扇纶巾，谈笑间，樯橹灰飞烟灭。故国神游，多情应笑我，早生华发。人间如梦，一樽还酹江月。

我一直觉得在黄州的四年当中，苏东坡做的功课是最困难的功课，可是也是人生最有价值的功课。所以从《定风波》到《临江仙》，能够看到他很大的一个改变。到《念奴娇》，当他一写"大江东去"的时候，你就会知道他的功课真的做完了。

黄州是传说中赤壁之战火烧战船的地方，当时统领北方领土的曹操希望统一中国，所以发动了数十万大军南下进攻。当时刘备、孙权非常紧张，觉得这是生死较量。这一仗如果失败，大概就不会有西蜀，也不再有东吴了。于是在诸葛亮的调和之下，让周瑜和刘备组成一个联军。他们知道单独跟曹操对抗几乎不可能有胜算，只有联合在一起才有希望同曹操对抗。最后一次战斗，就发生在赤壁。

苏东坡其实并不确定这里就是当初发生战争的地方。我很在意"人道是"这三个字，他说附近的老百姓这样说，并没有说一定是这里。很多历史学家考证苏东坡黄州的赤壁并不是赤壁之战的赤壁（名叫赤壁矶），可我要特别强调，苏东坡要讲的并不是历史里的风景，而是他心里的风景。

当他走在黄州的大江边，听到大江东去，上万年、上亿年这条大江都是不断东去。其实他在讲时间。这些不断流过去的浪花就像时间一样，最后把所有的风流人物，曾经一时精彩的人全部洗干净了。我觉得这是一个非常大的领悟，苏东坡也许是自负的，觉得自己有才华，也许很痛恨那些把他陷害进监牢的小人。可是有才华又如何，小人又如何，所有的人其实在时间里最后都消失了。

我觉得这是生命境界，是更惊人的一个领悟。这个领悟使他有一种平等观，觉得前面说的"有恨无人省"其实太计较，连周瑜、诸葛亮、关羽这么精彩的人都过去了——他在北宋讲一个三国的故事，所以觉得一代英豪都过去了。我相信《念奴娇》的领悟不只是苏东坡个人的领悟，而是我们每一个人都可能会思考的问题，我们究竟在历史里面扮演什么样的角色？

苏东坡大概觉得生命里都有意气风发的时刻，都有一个发亮的、青春的美，都有一个生命里得意的时候、打败别人的时刻。可是所有这些得意、发亮、青春、美，在时间里都会消失。

所以东坡很有趣，在《念奴娇》前面几句中，一方面在讲时间把所有风流人物都淘洗完了，这些人是一时的豪杰，可是在时间当中没有一个人是真正的赢家。周瑜、诸葛亮火烧战船打败了曹操。在那次战争当中，曹操是失败者。可是在时间、历史当中，所有人都失败了，没有一个人能赢过时间，也没有人能赢过历史。我想苏东坡只有在下放之后，在大江岸边，才能忽然看到这样一个高度。而这个高度有点像老庄哲学，也有一点像佛学，他把自己的文学高度提高到哲学领悟的境界。

他也在观赏风景，"乱石穿空，惊涛拍岸"，他觉得真是壮观，即使是一个普通人，站在岸边也都被震撼了。我很喜欢他的"江山如画，一时多少豪杰"。虽然这些人都过去了，可是当时这条河流、这些山简直美得像一张画。每一个人在这样的山水当中，在这样的宇宙江山之中，都是一时豪杰。他并不是完全感伤，而是觉得我们活过了，也为自己打造了一页历史。

我一再强调东坡是非常爱美的，所以在讲历史沧桑的时候，他会忽然转出一个画面，"遥想公瑾当年，小乔初嫁了"。公瑾就是周瑜，一个年轻的英雄，他娶了美丽的小乔，彼时他们刚刚结婚。"雄姿英发。羽扇纶巾，谈笑间，樯橹灰飞烟灭。"这是周瑜人生最得意的时刻，在历史的高峰雄姿英发，好像打仗也不用很费力，有最好的天时地利人和。

从"雄姿英发"到"灰飞烟灭"，东坡一直让我们看到所有发亮的生命，它的终结、最后的结局都是灰飞烟灭。他在看生命的两端，告诉我们没有什么可以执着，也没有什么一定不能放手。活在当下是雄姿英发，可要知道终极是灰飞烟灭。

苏东坡也有一点嘲笑自己，"故国神游"，到这样一个古老的战场，众生都是多情的，大概也会笑我吧。四十几岁也没有那么老，怎么满头都是花发？到最后也只是觉得，人生其实像一场空幻的梦。所以喝着酒的苏东坡，把酒倒到江里去，祭奠大江，也祭奠大江里的月光。酹是祭奠，同时也有一点像是苏东坡含着眼泪去环抱人世的一个最大的谢意吧。

一梦江湖费五年，归来风物故依然。相逢一醉是前缘。

迁客不应常眊睫，使君为出小婵娟。翠鬟聊著小诗缠。

苏诗的「江湖」书写

朱刚

对"江湖"的书写是中国古典文学的重要内容，通常情况下，它是失意之人被放逐的场所，但苏轼、苏辙的诗歌则有意识地把"江湖"建构为一个具有丰富人文景观的诗意空间，在宋代作家中颇具代表性。一方面，他们把"江湖"描写为鱼鸟适性之处，有山水风光、历史遗迹、亲朋友谊，有高人隐士、民情风俗、人文传承，充满诗意；另一方面，仕宦生涯也让他们认识到，"江湖"往往被朝廷用来放逐罪人，而且其间已经遍布着从京城延伸出来的权力脉络，并非安全的避世之处。这种矛盾的认识与宋代政治环境以及交通、通信、商品经济等领域的发展状况相应。值得注意的是苏轼把"江湖"跟"桃源"相联结的诗意构思，强调"江湖"之水是从"桃源"流出。由"桃源"而"江湖"，是一种精神文化的延伸，正好与权力延伸的方向相反。

苏辙的诗里，经常自比颜子，这颜子很安静地住在他的陋巷里；苏轼则喜欢把自己比为鸿雁，年年岁岁，往返飞翔。如果说陋巷是颜子所处的世界，那么鸿雁来去的世界，又被苏轼以何种诗语加以指称呢？作为诗歌意象的鸿，当然经常是飞在空中的，甚至飞去望不见的天际，所谓"渺渺没孤鸿"，但苏轼似乎也会注意到鸿雁停落或栖宿之处，如"应似飞鸿踏雪泥""拣尽寒枝不肯栖，寂寞沙洲冷"，诸如此类。需要说明的是，鸿在某一处雪地或沙洲，都不过是短暂驻留，毕竟它还拥有天空，所以它的世界流动不居，在《武昌西山》诗中，苏轼写出了这个流动不居的世界：

> 山人帐空猿鹤怨，江湖水生鸿雁来。

往复飞翔的鸿雁的世界被称作"江湖"，与猿鹤长居的北山，一静一动。猿鹤自是隐士的比喻，而鸿雁就指苏轼这样既不隐居山林又不稳居庙堂的人。庙堂之外的世界不光有山林，还有安静的陌巷和更为广阔的江湖。鸿在江湖的比喻，也曾出现在苏辙的诗里：

> 建元一二间，多士四方至。翩翩下鸿鹄，一一抱经纬……失足青冥中，投命江湖里。

作为鸿鹄起落的空间，"江湖"才能与"青冥"（天空）的辽阔相称。当然，表示环境和主体的词语，搭配使用有历史的习惯，江湖、鸿雁并不是陌巷、颜子那样几乎固定的组合，二苏笔下与"江湖"相配使用的似乎以"鱼鸟"为多：

顷在钱塘，乐其风土。鱼鸟之性，既自得于江湖；吴越之人，亦安臣之教令。

本以鲰生，冒居禁从。顷缘多病，力求颖尾之行；曾未半年，复有广陵之请。盖以鱼鸟之质，老于江湖之间。习与性成，乐居其旧；天从民欲，许择所安。

草野微陋，章句拙疏。十载江湖之间，自群鱼鸟；五迁台省之要，永愧冠裳。

十年流落敢言归，鱼鸟江湖只自知。

幸推江湖心，适我鱼鸟愿。

毕竟字面上的"江湖"乃是水域，所以与之适配的主体还有"鱼"，而同时并举的"鸟"里面，应以鸿雁那样的候鸟为主吧。无论如何，包含鸿雁在内的"鱼鸟"明确为作者的自喻，"江湖"就是其身处的空间。那么，作者赋予这个空间的诗意又是什么，就是本文要加以考察的问题了。

一　失意之人被放逐的场所

对"江湖"的书写，恐怕是中国文学最基本的特征之一，而在白话小说流行之前，主要见于诗歌。本世纪初，丁启阵先生有《中国古代诗歌中"江湖"概念的嬗变》一文[1]，简要地梳理了"江湖"一词的语义变化，认为此词本指适合鱼类生存的环境，始于《庄子》，后来被陶渊明转指隐居的场所，及至杜甫，则扩大为在野（与出仕相对）、不在都城（与在朝廷相对）之义，就此定型，而被后人沿袭。尽管丁先生也已指出，杜甫久在江湖，与这个世界的感情是亲切的；但总体而言，跟极大多数儒家知识分子一样，杜甫毕竟仍希望出仕，向往朝廷，"江湖"并不是实现其人生理想的地方，这个空间的意义基本上是负面的，处在"江湖"的大致是失意之人。

1　丁启阵：《中国古代诗歌中"江湖"概念的嬗变》，《中国典籍与文化》2002年第3期，第4—9页。学界对"江湖"加以论述的著作、论文不胜枚举，丁先生的结论与本文内容可衔接，故独举此文。

确实，如果我们专看二苏上呈给朝廷的章表，则其中的"江湖"一词，仍是与朝廷相对的世界，而且几乎就是放逐罪人的场所。尤其是贬居黄州以后的苏轼，似乎习惯以寄身"江湖"来表述这段经历：

> 只影自怜，命寄江湖之上；惊魂未定，梦游缧绁之中。
>
> 臣猥缘末技，获玷清流。早岁数奇，已老江湖之上；余生何幸，得依日月之光。

前一段是刚获命离开黄州时所作，后一段是元祐初年在朝时的回顾，所谓"江湖之上"主要指向黄州的经历。这大概因为黄州处在长江之滨，过江就是荆湖北路，可谓名副其实的"江湖"之地。在苏轼贬居黄州的同时，苏辙受兄长连累，也贬居江南西路的筠州，他后来也用"江湖"一词指代贬地：

> 近蒙圣恩，除前件官，仍改赐章服者。谪宦江湖，岁月已久；置身台省，志气未安。

臣家世寒贱，兄弟戆直。早坐狂言，流落江湖而不返；晚逢兴运，联翩禁近以偷安。

这都是元祐在朝时的回顾，与"台省""禁近"对举的"江湖"，当指其元丰年间的贬地而言。

不过，二苏的生平中，除了在朝、贬谪外，还有一种外任的经历，即离开首都去担任地方官。从语词使用的实际情况来看，苏轼章表也有把外任之地称作"江湖"的，其例如下：

臣本缘衰病，出守江湖。以一方凋弊之余，当二年水潦之厄。

三年翰墨之林，屡遭飞语；再岁江湖之上，粗免烦言。岂此身愚智之殊，盖所居闲剧之致。

臣久缘衰病，待罪江湖。莫瞻北极之光，但罄南山之祝。

臣职守江湖，心驰象魏。

以上皆元祐间所作，与"翰墨之林"或"象魏"对举的

116

"江湖"，指的是杭州等"出守"州郡。地方政府是朝廷的下属，或者说派出机构，但地理上则与朝廷有一定距离，故在"朝廷—江湖"的二元图景中，地方政府属于前者还是后者，道理上本来是两可的，不同的作者可以各自的方式去处理，从中反映出他们不同的心态。对于苏轼来说，他当然明白地方政府必须听命于朝廷，但仍愿意将其所在地称为"江湖"，这一点是值得注意的。

这表明"江湖"并不能拒绝权力的脉络向这个空间延伸，因此虽在"江湖"，仍是"待罪"，而且面对旱涝灾害，还有救治的责任；不过苏轼仍愿意强调这是一个跟权力中枢不同的空间，至少容得"衰病"之人，可以"粗免烦言"，承受的压力比在朝廷要小一些。

二苏章表中使用"江湖"一词最晚的例子，是绍圣二年（1095）再次贬居筠州的苏辙所作《明堂贺表》，此年九月因明堂礼毕而大赦天下，在严厉打击"元祐党人"的时势中，是个难得的宽弛之令，辙读赦书而上表云：

> 臣顷侍帷幄，稍历岁时。谴责之深，坐甘没齿；江湖之远，犹冀首丘。

在此表中，"帷幄"指向朝廷，"首丘"指向故乡，而所谓"江湖之远"，既远离朝廷，又远离故乡，乃是被"谴责"者的放逐之所。对于这种被放逐的命运，苏辙表述的态度是"坐甘没齿"。仅就章表的范围来看，这样的表述充满悲情，出于无奈，但我们若读二苏的诗歌，则不难看到他们对于"江湖"，也确实有一种"鱼鸟"之思，详下文。

二 "江湖"可思

跟章表中一样，二苏诗中的"江湖"，亦兼指贬所与外任之地。首先，黄州谪居生涯，被苏轼称为"五年江湖"，见其对朋友孙觉的诉说：

吾穷本坐诗，久服朋友戒。五年江湖上，闭口洗残债。

这里的"坐诗"就指"乌台诗案"，此后便是黄州的五年谪居。被他连累的苏辙，在贬居筠州时期也有"远谪江湖舳尾衔，到来辛苦向谁谈""门前溪水似渔家，流浪江湖归未涯"等诗句，将贬地称为"江湖"。又，苏轼于"乌台诗案"前赠朋友李常诗已云：

> 君为三郡守，所至满宾从。江湖常在眼，诗酒事豪纵。

他说李常离开朝廷后，连着做了三处地方官，所以经常可以看到"江湖"。元丰末从黄州放归，也有赠同年蔡承禧诗云："三年弭节江湖上，千首放怀风月里。"此谓蔡氏离朝外任已达三年。可见外任之地，在他的笔下亦属"江湖"。这样，苏轼从熙宁间因反对"新法"而离朝，至元祐归朝，其外任和谪居的时间加起来有十余年，这被他自己称为"十载江湖"，如《次韵胡完夫》云："青山别泪尚斓斑，十载江湖困抱关。"与此相似的说法，是黄庭坚《寄黄几复》诗中的"江湖夜雨十年灯"，大概从二黄相别，到庭坚写诗的时候（元丰末），他们在地方州县转辗任职，已有十年了。

元祐归朝的苏辙，回顾此前的经历，也说"流落江湖东复西，归来未洗足间泥"。不过他的笔下，与"十载江湖"相似的表述是"十年江海"：

> 十年江海兴不浅，满帆风雨通宵行。投篙枥栿便止宿，买鱼沽酒相逢迎。归来朝中亦何有，包裹观阙围重城。日高困睡心有适，梦中时作东南征。

以"江海"指远离政治权力之地，在六朝以来的诗歌中也自成传统，苏辙未尝出海，他所谓的"江海"实际上跟"江湖"的意思相同。值得注意的是，在这首作于元祐年间的诗中，此前的十几年流落江湖的经历，成了梦里追寻的美好过去。水运交通和市镇的发达，使江湖旅途亦具风雨夜行的兴致，不但可以随处止宿，还能相遇不同的人，吃各种不同的鱼，喝各地自产的酒，颇有温情。与此相比，京都又有什么？无非是内城、外城两重城墙包围着一些宫廷衙门而已，身在其中只想睡觉，而梦魂飞回了东南——好不容易归朝的作者，却成了个思念"江湖"的人。同样，元祐年间的苏轼，也有"江湖前日真成梦""江湖来梦寐，蓑笠负平生"等相似诗句。

"江湖"有何可思？与固定在一地的都城不同，"江湖"是个流动的空间，苏辙写的"通宵行""东南征"也富有动感，比起困睡一地，在流动空间中的连续行动，当然更有资格成为真正"人生"的内容。人生本来就常被形容为一个旅程，这旅程理应是在流动的空间中展开的，所谓"君为魏博三年客，日有江湖万里心"，保持对于远方的向往，才是富有诗意的人生。当然，这个空间不能只是一片荒原野水，其中必须有适合于诗人生存的条件，那么，除了舟楫风帆、买鱼沽酒，二苏的"江湖"还有什么呢？

熙宁九年（1076），密州知州苏轼把州城西北潍水边上的一个送客亭改建为"快哉亭"，时在齐州的苏辙寄诗云：

> 车骑崩腾送客来，奔河断岸首频回。凿成户牖功无几，放出江湖眼一开。景物为公争自致，登临约我共追陪。自矜新作超然赋，更拟兰台诵快哉。

按诗中所云，改建工程并不复杂，主要是多开了几扇门窗，但好处就在"放出江湖"进入亭中之人的视野，使自然风景纷至沓来，引人诗兴。上文引用的苏轼赠李常诗"江湖常在眼，诗酒事豪纵"，也是相同的意思。多年以后，苏轼还有"忆昔江湖一钓舟，无数云山供点笔"的回忆。山水风景，自非行走"江湖"者不能饱览。像后来深居宫廷的艺术家宋徽宗，就只好造些假山来寻取诗情画意，却为此承受千古骂名，也算可怜。

与自然山水相伴的，往往还有历史遗迹，对于二苏这样学者型的诗人，可能更富吸引力。熙宁四年（1071）苏轼出京赴杭州通判任，途中游历镇江，作《甘露寺》诗，苏辙次韵云：

> 去国日已远，涉江岁将阑。东南富山水，跬步留清欢。迁延废行迈，忽忘身在官。清晨涉甘露，乘高弃征鞍。超然脱阛阓，穿云抚朱栏。下视万物微，惟觉沧海宽。潮来声汹汹，望极空漫漫。一一渡海舶，冉冉移樯竿。水怪时出没，群嬉类猵獭。幽阴自生火，青荧复谁钻。石头古天险，凭恃分权瞒。疑城曜远目，来骑惊新观。聚散定王业，成毁犹月团。金山百围石，岌岌随涛澜。犹疑汉宫廷，屹立承露盘。狂波恣吞噬，万古嗟独完。凝眸厌浤漾，绕屋行盘跚。此寺历今古，遗迹皆龙

鸾。孔明所坐石，牂羝非人刊。经霜众草短，积雨青苔寒。萧翁嗜佛法，大福将力干。坡陀故镬在，甲错苍龙蟠。卫公秉节制，佛骨埋金棺。长松看百尺，画像留三叹。新诗语何丽，传读纸递刊。嗟我本渔钓，江湖心所安。方为笼中闭，仰羡天际抟。游观惜不与，赋咏嗟独难。俸禄藉升斗，齑盐嗜咸酸。何时扁舟去，不俟官长弹。

甘露寺在濒临长江的北固山上，苏辙在描写山水风景之后，可能是按苏轼原诗的提示，逐一点到了诸葛亮坐过的狠石、梁武帝造的大铁镬和唐代李德裕画像等历史遗迹，甘露寺拥有的这些遗迹几乎勾连起一部宋前的中国史。最后，苏辙为自己未能同游深表遗憾，希望哪天可以脱离官场，乘上扁舟去"江湖"尽情寻访。因为漫长的中国史把众多的遗迹散布在"江湖"空间，所以这个空间实际上也到处含蕴着深邃的历史感。

值得注意的，还有苏轼作于元祐后期的下面两诗，都提到了"江湖"：

都城昔倾盖，骏马初服鞯。再见江湖间，秋鹰已离鞲。于今三会合，每进不少留……

淮上东来双鲤鱼，巧将诗信渡江湖。细看落墨皆松瘦，想见掀髯正鹤孤。

前一首说他在"江湖"见到了朋友，后一首说朋友的书信远渡"江湖"到达自己手上。北宋时期的交通、通信当然没有现代那么便利发达，但与唐五代之前相比，显然有巨大的进步。以前的诗人，相聚交流大抵只在京师，分赴"江湖"后便多孤处寂寞之叹，但对于北宋诗人苏轼来说，他的"江湖"既可以是朋友相见之地，也不难收到朋友的书信。客观上，交通、通信以及商品经济等方面的发展，使"江湖"的宜居程度不断提高。

这样，我们在二苏言及"江湖"的以上诗句中看到，这"江湖"间有山水风光、有历史遗迹、有朋友人情，在此行旅酒食，无不催发诗兴。对于诗人来说，除了权力压迫、行政束缚，"江湖"已经不缺乏什么。比起京都，"江湖"甚至更多人间烟火，更适合作为归宿之地。

三　"江湖"可归

北宋"新旧党争"局面的变化，很大程度上跟宋神宗英年早逝有关，比神宗年长十来岁的苏轼、苏辙，在谪居黄州、筠州的时候，是不敢预想皇帝会比他们更早去世的，所以，此后政局翻转使他们成为元祐大臣，毋宁说是个意外，当苏轼在元丰七年（1084）获准离开黄州的时候，他本人并不认为这是一个政治转机，《别黄州》诗云：

投老江湖终不失，来时莫遣故人非。

他认为自己还会回到黄州来，因为余生肯定要在"江湖"上度过。这并不是刻意对政治前途作低调的估计，以神宗皇帝掌控政局、坚持"新法"为事实前提，苏轼必须有这样的心理准备。实际上，他在黄州经营东坡，建造雪堂，自号"东坡居士"，也已经是此种心理准备的体现：有意认同黄州，认同"江湖"。

对"江湖"的心理认同，当然不至于使苏轼放弃元祐入朝的机会，毕竟儒家教养赋予士人的政治理想主要须在朝廷才能实现。但元祐年间也有党争，而且局面更为杂乱，官职的升迁并不意味着苏轼的政治诉求都能如愿以偿，当他对京师的官场感到厌倦的时候，"江湖"就越来越具有吸引力。元祐四年（1089）的苏轼回想黄州云：

> 东坡先生未归时，自种来禽与青李。五年不踏江头路，梦逐东风泛蘋茝。江梅山杏为谁容，独笑依依临野水。此间风物君未识，花浪翻天雪相激。明年我复在江湖，知君对花三叹息。

此时苏轼正想申请离京，去担任地方官，所以预计"明年我复在江湖"，而事实上他当年就再莅杭州。此后，在"江湖"与朝廷之间来来去去，真如鸿雁一般。据其诗语，他更为认同的乃是"江湖"：

> 老身倦马河堤永，踏尽黄榆绿槐影。荒鸡号月未三更，客梦还家时一顷。归老江湖无岁月，未填沟壑犹朝

请。黄门殿中奏事罢，诏许来迎先出省。已飞青盖在河梁，定饷黄封兼赐茗。远来无物可相赠，一味丰年说淮颍。

这是元祐七年（1092）从扬州还朝的时候所作，漫长的行旅显然令他感到疲倦。朝廷对这位名臣表示了礼遇，知其行近都城，特许门下侍郎苏辙暂停公务，出城迎接兄长，还赐茶慰劳。不过苏轼表示他没有礼物可以回赠，只能把一路上听到的丰收消息告诉担任执政官的弟弟，而对于自己这一次还朝任职，则遗憾地表示"归老江湖"的愿望又一次落空了。"归"字的指向，一般是故乡，也经常是京师，但在苏轼这里却是"江湖"。

确实，翰林学士苏轼的"江湖"之志，屡见诗中，如"今年我欲江湖去，暮雨连山宰树春""逝将江湖去，浮我五石樽""此生定向江湖老，默数淮中十往来"等等，在写给朋友的书信中也说："某江湖之人，久留辇下，如在樊笼，岂复有佳思也。"这样反复表示，并非违心之语，因为就仕宦常情而论，随着苏辙担任的职务愈趋显要，其嫡亲兄长似乎也以申请外任为宜。就此而言，将外任之地纳入"江

湖"，对苏轼来说几乎是必要的，否则除了贬谪，他就与
"江湖"无缘了。相对来说，苏辙的政治地位更高，卷入元
祐政争更深，尽管也有"万里还朝径归去，江湖浩荡一轻
鸥"等类似表述，但元祐时期的他除了一度出使契丹外，几
乎全部时间都在朝廷。当然，他对兄长的"江湖"之志是完
全了解的，还曾寄诗"提醒"苏轼：

　　　　谁将家集过幽都，逢见胡人问大苏。莫把文章动蛮
貊，恐妨谈笑卧江湖。

　　苏辙在契丹见闻了苏轼及其作品在当地的影响，觉得如
此声名远播，恐怕会妨碍其"江湖"之志的实现。

　　既然"江湖"是一个"朝廷"之外的空间，而"朝廷"
才是儒家政治理想、人生价值的实现地，那么"归"去"江
湖"又有什么意义呢？如果仅仅是为了逃避政争、休歇身
心，则归隐"山林"更符合诗歌的表现传统。逃避的空间，
只需要一丘一壑，用不着"江湖"那么辽阔。但苏轼向往
的，确是辽阔的空间，而且他的诗歌对此有异常杰出的
把握：

江夏无双种奇茗，汝阴六一夸新书。磨成不敢付童仆，自看雪汤生玑珠。列仙之儒瘠不腴，只有病渴同相如。明年我欲东南去，画舫何妨宿太湖。

　　此诗以"江"起，以"湖"结，笔者以为是苏诗"江湖"书写的巅峰之作。"江夏无双"指黄庭坚，他把家乡的双井茶送给苏轼，并赠诗，苏轼次韵答之，却由长江流域的黄庭坚联想到了汝阴（颍州）的六一居士欧阳修，后者曾在自己的著作中盛赞双井茶。然而，当"江夏无双种奇茗"的时候，其实"汝阴六一"墓木已拱，首二句所写的事并不发生于同一时间，作者以对仗之法加以并置，是把时间间隔转化成了"江夏—汝阴"的空间距离。接下来，两句写黄庭坚精心制茶，两句写欧阳修生前"病渴"，正需要好茶，这两者之间的时间间隔也被抽去。"病渴"就是糖尿病，同样患有此病的，还有汉朝的司马相如，其在当代文坛首屈一指的地位，正与欧阳修相同。这司马相如被带出，使被抽去的时间间隔更大。最后两句，苏轼自己出场，"明年"二字把时间因素稍稍放出，但立刻又被转化成空间距离：他想把自己安置到东南的太湖上。使用了真正堪称"空间诗学"的高超手段，苏轼把漫长的时间都折叠到空间之中。太湖之思绝对不是逃避行为，而是有意在开拓空间："汝阴"一名自与汝水相关，而北宋颍州实因流入淮河的颍水得名，当时已有大运河沟通淮河、长江，从长江再往南，才连到太湖。很显然，苏轼通过自己的水运交通经验，达成了对"江湖"流动空间的宏观把握，而由双井茶所象征的文人风雅生活，就在此空间中传递。另一方面，如果我们把诗中被作者有意压扁的时间轴释放开来，则在种茶的弟子和著书的老师之间，东坡画舫的驶入，也是绝对不可缺少的，三代师弟由此得以连贯，而向上追溯，还能望见司马相如的身影。这样的一个世界，令人神往，苏轼赋予它的文化意义，非一处"山林"可以承担，必须是"江湖"。

一种风雅的生活充盈在"江湖"，一缕亘古的诗意延绵在"江湖"，一个伟大的文明崛起在这个辽阔的空间。苏诗对"江湖"的书写，至少在建构其人文景观的方面，是远远超越杜甫，超越前人的。"江湖"的意义不再是负面的，它承载了我们的文化，是文化人真正的归宿。

四　通向桃源的“江湖”

苏轼有“我家江水初发源”之句，认为自己的家乡是长江的源头，后来两度任职杭州，歌咏西湖并成功地治理西湖，他对于“江湖”的好感，很可能跟这样的经历相关。不过，既然“江湖”可以泛指朝廷之外的所有地方，那么为这个空间赋予意义的时候，诗歌传统中借“山林”意象来表现的隐逸文化，其实也被包含其中。早在熙宁初年，苏轼诗中想象的“江湖”就是有不少隐士的：

> 江湖隐沦士，岂无适时资。老死不自惜，扁舟自娱嬉。从之恐莫见，况肯从我为。

他说“江湖”上的这些隐士，或许也不乏为国家出力的才干，却愿意逍遥自在，空度一生，“我们”既找不到他们，他们也不肯来找“我们”——此时出仕不久的苏轼对“江湖”尚有陌生之感，但由此不难看到，隐逸文化是宋人

"江湖"想象的底色，这是由文化传统决定的。

当然，由于把各级地方政府的所在地也纳入了"江湖"的范围，隐逸文化就不能覆盖这个空间的全部了。实际上，随着水陆交通和信息传播的发展，政治控制力的加强，再加上北宋统治的疆域比汉唐狭小等因素，从京城延伸出来的权力脉络已经遍布"江湖"空间。这方面，苏辙曾有明确的表述，在他替朝廷起草的命令中说：

> 敕具官某等：朕惟古之圣王，不泄迩，不忘远，虽在江湖万里之外，视之如畿甸之间，是以并择才能，以察奸狱……

虽托言"古之圣王"，其实基于作者在当代的切身感受，所以他告诫新任的地方官说：即使你们跑到了"江湖万里之外"，朝廷仍能看到你们的所作所为。事实确乎如此，就像苏轼在杭州、密州写一些诗抒发不满的情绪，就会引来一起"乌台诗案"。所以，"江湖"并非安全的避世之处，其与隐逸文化将构成何种关系，是个值得深入思考的问题。

苏轼用诗歌表达了他的思考结果。在经历了"乌台诗案"、黄州谪居以后，元丰八年（1085）赴登州途中，重访离别十年的密州，自和旧诗云：

> 伛偻山前叟，迎我如迎新。那知梦幻躯，念念非昔人。江湖久放浪，朝市谁相亲。却寻泉源去，桃花应避秦。

诗中的伛偻老人，看来曾是苏轼的旧识，但似乎已经不能认出苏轼了。一别十年，经历了这么多事，确实改变很大。"江湖久放浪"大概指黄州谪居，以及离开黄州以来的长途漂泊，按今天的政区，苏轼从湖北出发，走过了江西、安徽、江苏、河南四省，又到达了山东。比起"朝市"，他已经习惯于这样流动的"江湖"生涯。虽然此时的苏轼是走在复起为官的途中，但诗末表示了他的愿望，并不是从"江湖"走向"朝市"，而是想掉转方向，去寻找"泉源"。毕竟"江湖"在字面上是个水域，所以必然有个源头，而他想象中的这个"泉源"，是陶渊明笔下的桃花源。这一点具有非常重要的象征意义：东坡先生为他的"江湖"找到了一个源头，就是桃源！苏诗"江湖"书写的又一个点睛之笔出现了。

我们知道，陶渊明是隐逸文化的一个标志，在诗歌批评史上，也是苏轼把陶渊明提到至高无上的地位，其"和陶诗"更享盛名。至于苏轼对"桃源"的具体认识，则有明确的论述性文字，就在《和陶桃花源》诗的引言：

世传桃源事多过其实。考渊明所记，止言先世避秦乱来此，则渔人所见，似是其子孙，非秦人不死者也。又云"杀鸡作食"，岂有仙而杀者乎？旧说南阳有菊水，甘而芳，民居三十余家，饮其水，皆寿，或至百二三十岁。蜀青城山老人村，有见五世孙者。道极险远，生不识盐醯，而溪中多枸杞，根如龙蛇，饮其水，故寿。近岁道稍通，渐能致五味，而寿亦益衰。桃源盖此比也欤？使武陵太守得而至焉，则已化为争夺之场久矣。尝思天壤间若此者甚众，不独桃源。予在颍州，梦至一官府，人物与俗间无异，而山川清远，有足乐者。顾视堂上，榜曰"仇池"。觉而念之，仇池，武都氏故地，杨难当所保，余何为居之？明日，以问客。

客有赵令畤德麟者，曰："公何问此？此乃福地，小有洞天之附庸也。杜子美盖云：'万古仇池穴，潜通小有天。'"他日，工部侍郎王钦臣仲至谓余曰："吾尝奉使过仇池，有九十九泉，万山环之，可以避世如桃源也。"

他首先否定了"桃源"为神仙世界的说法，然后举出南阳菊水、蜀地青城山老人村两个例子，认为这样保持自然生态与淳朴民俗的偏远区域，不与外界相通，就是现实中的"桃源"了。天下之大，类似的地方应该不少，陶渊明只是偶然到访了一处而已。引言的后半篇讲了苏轼梦至"仇池"的事，经过一番考问，最后确定"仇池"其实就是相对隔世的一处"桃源"。这个"仇池"之梦对苏轼影响不小，笔下多次道及，我们基本上可以把"仇池"看作苏轼心中的"桃源"。另外，在《和陶桃花源》诗中，苏轼还提到了"蒲涧安期境，罗浮稚川界"，即广州城外的菖蒲涧和惠州的罗浮山，相传都是仙人的居所，但在苏轼看来，也跟"桃源"类似。总之，"凡圣无异居，清浊共此世……桃源信不远，杖藜可小憩"，这浊世之中，原本也有不少"桃源"与我们同在，随时可以前往小憩。陶渊明赋予"桃源"的隐逸文化被继承下来，但其神秘感消失，大抵就是处于僻远之地，不易受外界影响，人情风俗比较淳古的自然村而已，当然它们还有一个共同点，就是都拥有水源。这其实是生命存在所必需的条件，但妙处在于，既然拥有水源，便可与"江湖"相通。于是我们看到中国诗歌史上颇具象征性的一幕：从陶渊明的"桃源"，流出了苏轼的"江湖"，东坡"和陶诗"就是"江湖"向其源头"桃源"致敬。

当然，我们只能从苏轼的诗里看到他以"桃源"为"江湖"之源的构思，其论述性文字没有直接把两者相联结的说法。但诗人灵光一闪，联想及此，正是其真实心态的展露，极堪珍视。而且，在山的泉源，流出为江水，这原是传统的山水画经常表现的内容，苏轼就曾看到一幅这样的《烟江叠嶂图》，为之题诗云：

江上愁心千叠山，浮空积翠如云烟。山耶云耶远莫知，烟空云散山依然。但见两崖苍苍暗绝谷，中有百道飞来泉。萦林络石隐复见，下赴谷口为奔川。川平山开林麓断，小桥野店依山前。行人稍度乔木外，渔舟一叶江吞天。使君何从得此本，点缀毫末分清妍。不知人间何处有此境，径欲往买二顷田。君不见武昌樊口幽绝处，东坡先生留五年。春风摇江天漠漠，暮云卷雨山娟娟。丹枫翻鸦伴水宿，长松落雪惊昼眠。桃花流水在人世，武陵岂必皆神仙。江山清空我尘土，虽有去路寻无缘。还君此画三叹息，山中故人应有招我归来篇。

此诗前半部分就再现了画中内容，苍崖绝谷之间的泉水，流出谷口而为平川，然后江面越来越宽阔，乃至"吞天"。"君不见"以下描写了黄州的四季之景，我们知道黄州经历便是苏轼念念不忘的"五年江湖"。接下来"桃花流水在人世，武陵岂必皆神仙"，正同于《和陶桃花源》中的说法，意谓世间流水，必可上溯到一个现实的"桃源"，只看你有没有决心去寻这条归路。

苏轼当然知道，他的"江湖"已是来自朝廷的权力延伸之地，但他仍坚持这"江湖"之水是从"桃源"流出来的。由"桃源"而"江湖"，是一种精神文化的延伸，与权力延伸的方向正好相反，但必须有来自"桃源"的一脉，才能保证这"江湖"是个诗意空间。

五　余论

以上汇集了苏轼、苏辙书写"江湖"的许多文本，按其语脉，结合作者的经历，求索其表达的含义，认为他们笔下的"江湖"已被建构成崭新的诗意空间。基本上，本文还未涉及同时代的其他诗人，他们其实也有不少相关的书写，而论及宋人的"江湖"观念，出现于南宋的一个被称为"江湖诗人"的群体，也是不能忽视的。学界对"江湖诗人"或所谓"江湖诗派"已有许多考论乃至争议[1]，从梳理历史现象的角度看，以"江湖"与"庙堂"之对举来确定这里的"江湖"含义，从而据诗人的非士大夫（或高级士大夫）身份来确定"江湖诗人"的范围，是比较简捷、容易操作的方法，笔者本人也曾如此主张。不过，个体的社会身份，与其精神认同、审美倾向，毕竟不能完全对应，而彼此划分畛域。鉴于苏诗的巨大影响力，我相信经他们书写的"江湖"，已经

---

[1] 详见侯体健：《"江湖诗派"概念的梳理与南宋中后期诗坛图景》，《文学遗产》2017年第3期，第81—94页。

不专属一部分"江湖游士",而是所有诗人共享的一个诗意空间。而且,这个空间以隐逸文化为底色,但不能拒绝政治权力的延伸,山水风光、历史遗迹、亲朋友谊、民情风俗乃至高雅的人文传承,毕集于此,与后世白话小说描写的"江湖"相比,明显缺少的是粗暴的市井、草莽之气,所以基本上仍属于士大夫文化。这就意味着,"江湖"书写本来就是士大夫文化发展出来的一个部分,如果一位高级士大夫,愿意一心一意书写他的"江湖"生活、"江湖"情思,那就没有人可以规定他不能做个"江湖诗人",如果他仅存的作品显示出与别的"江湖诗人"高度认同,那我们仅据身份而把他逐出这个群体之外,就毫无必要。总之,对于诗人来说,"江湖"既意味着一种身份,也意味着一个诗意空间,这两方面都值得我们重视。

莫听穿林打叶声。何妨吟啸且徐行。竹杖芒鞋轻胜马。谁怕？一蓑烟雨任平生。

料峭春风吹酒醒。微冷。山头斜照却相迎。回首向来萧瑟处。

归去。也无风雨也无晴。

肆

苏轼的人生思考
和文化性格

王水照

苏轼作品的动人之处,在于展现了可供人们感知、思索的活生生的真实人生,表达了他深邃精微的人生体验和思考。这位我国文化史上罕见的全才,不仅接受了传统文化和民族性格的深刻影响,而且承受过几起几落、大起大落的生活波折。在此基础上,他个人特有的敏锐直觉加深了他对人生的体验,他的过人睿智使他对人生的思考获得新的视角和高度。苏轼算不得擅长抽象思辨的哲学家,但他通过诗、词、文所表达的人生思想,比起他的几位前贤如陶渊明、王维、白居易等来,更为丰富、深刻和全面,更具有典型性和吸引力,成为后世中国文人竞相仿效的对象,影响了一代又一代后继者的人生模式的选择和文化性格的自我设计。

一

出处和生死问题，是中国文人面临的两大人生课题。前者是人对政治的社会关系，后者是人对宇宙的自然关系，两者属于不同的范围和层次，却又密切关联，相互渗透，都涉及对人生的价值判断。

出和处的矛盾，中国儒佛道三家已提出过不同的解决途径。儒家以入世进取为基本精神，又以"达兼穷独""用行舍藏"作为必要的补充；佛家出世、道家遁世的基本精神，则又与儒家的"穷独"相通。苏轼对此三者，染濡均深，却又融会贯通，兼采并用，形成自己的鲜明特征。

苏轼自幼所接受的传统文化因素是多方面的，但儒家思想是其基础，充满了"奋厉有当世志"的淑世精神。儒家的"立德、立功、立言"的"三不朽"古训，使他把自我道德人格的完善、社会责任的完成和文化创造的建树融合一体，是他早年最初所确定的人生目标。他的社会责任感和历史使命感还由于其特殊的仕宦经历而得到强化和固定化。和他父亲苏洵屡试磋跌相反，嘉祐二年（1057），他和苏辙至京应试，就像光彩灼熠的明星照亮文坛的上空，一举成名，声誉鹊起。就其成名之早（二十二岁）、之顺利、之知名度大，并世几无匹敌。嘉祐六年，他应制举，又以"贤良方正能直言极谏"取入第三等，此乃最高等级，整个北宋取入第三等者仅四人（见《小学绀珠》卷六《名臣类下》）。宋朝开国百余年来，免试直任知制诰者极少，欧阳修《归田录》卷一云："国朝之制，知制诰必先试而后命，有国以来百年，不试而命者才三人：陈尧佐、杨亿及修忝与其一尔。"苏轼又得到同样的殊荣。这些仕途上的光荣，必将转为苏轼经世济时、献身政治的决心。他以"忘躯犯颜之士"（《上神宗皇帝书》）自居，又以"使某不言，谁当言者"（《曲洧旧闻》卷五引）自负，并以"危言危行、独立不回"的"名节"（《杭州召还乞郡状》）自励。苏轼又历受宋仁宗、英宗、神宗三代君主的"知遇之恩"，更成为影响他人生价值取向的重大因素。元祐三年（1088），当苏轼处于党争倾轧旋涡而进退维谷时，高太后召见他说：他之所以从贬地起复，乃"神宗皇帝之意。当其（神宗）饮食而停箸看文字，则内人必曰：'此苏轼文字也。'神宗每时称曰：'奇才，奇才！'但未及用学士而上仙耳"。苏轼听罢"哭失声，太皇太后与上（哲宗）、左右皆泣"。高太后趁机又以"托孤"的口吻说："内翰直须尽心事官家，以报先帝知遇。"（《续资治通鉴长编》卷四〇九）在苏轼看来，朝廷既以国士待我，此身已非己有，唯有以死报恩。我们试看他在元丰末、元祐初的一些奏章。元丰八年（1085）《论给田募役状》云："臣荷先帝之遇，保全之恩，又蒙陛下非次拔擢，思慕感涕，不知所报，冒昧进计，伏惟哀怜裁幸。"元祐三年《大雪论差役不便札子》云："今侍从之中，受恩之深，无如小臣，臣而不言，谁当言者？"《论特奏名》云："臣等非不知言出怨生，既忝近臣，理难缄默！"《论边将隐匿败亡宪司体量不实札子》云："臣非不知陛下必已厌臣之多言，左右必已厌臣之多事，然受恩深重，不敢自同众人，若以此获罪，亦无所憾。"这类语句，不能简单地看成虚文套语，而是他内心深处的真实表白。这种儒家的人生观，强调"舍身报国"，即对社会、政治的奉献，并在奉献之中同时实现自身道德人格精神的完善；但是，封建的社会秩序、政治准则、伦理规范对个体的情感、欲望、意愿必然产生压抑和限制的作用，"舍身报国"的崇高感又同时是主体生命的失落感，意味着个体在事功世界中的部分消融。儒家的淑世精神是苏轼人生道路上行进的一条基线，虽有起伏偏斜，却贯串始终。

苏轼的人生苦难意识和虚幻意识，则更带有独创性，并由此形成他人生道路上的另一条基线，在中国文人的人生思想史上具有划时代的意义。翻开苏轼的集子，一种人生空漠之感迎面而来。"人生识字忧患始"（《石苍舒醉墨堂》），这位聪颖超常的智者对人生忧患的感受和省察，比前人更加沉重和深微。老子说："吾所以有大患者，为吾有身"（《老子》十三章），庄子说："大块载我以形，劳我以身"（《庄子·大宗师》），佛教有无常、缘起、六如、苦集灭道"四谛"等说，苏轼的思想固然受到佛道两家的明显诱发，但主要来源于他自身的环境和生活经历。

首先是西蜀乡土之恋的文化背景。

西蜀士子从唐五代以来，就有不愿出仕的传统。范镇《东斋纪事》卷四云："初，蜀人虽知问学，而不乐仕宦。"苏洵《族谱后录》下篇亦云："自唐之衰，其贤人皆隐于山泽之间，以避五代之乱，及其后僭伪之国相继亡灭，圣人出而四海平一，然其子孙犹不忍去其父祖之故以出仕于天下。"苏辙《伯父墓表》也说："苏氏自唐始家于眉，阅五季皆不出仕。盖非独苏氏也，凡眉之士大夫，修身于家，为政于乡，皆莫肯仕者。"曾巩《赠职方员外郎苏君墓志铭》也说："蜀自五代之乱，学者衰少，又安其乡里，皆不愿出仕。"后苏轼伯父苏涣于天圣二年（1024）考中进士，竟轰动全蜀，"蜀人荣之，意始大变"，才打破蜀人不仕的旧例。苏轼从万山围抱的蜀地初到京师，原对举试也未抱信心，他在《谢欧阳内翰启》中曾追叙"及来京师，久不知名，将治行西归，不意执事擢在第二"，不料一帆风顺，由此登上仕途。但刚入仕途的嘉祐六年（1061），便与苏辙订下对床夜语、同返故里的誓盟。在以后宦游或贬谪生活中，他的怀乡之恋始终不泯。特别是他以视点更易形式而认同异乡的言论：如"居杭积五岁，自意本杭人"（《送襄阳从事李友谅归钱塘》），"某睹近事，已绝北归之望。然中心甚安之。未说妙理达观，但譬如元是惠州秀才，累举不第，有何不可？知之免忧"（《与程正辅书》），"我本海南民，寄生西蜀州"（《别海南黎民表》）等，这种带有浓厚相对论色彩的思想，其隐含的前提正是对回归故乡重要性的强调。我们不妨看一看唐代士人在开放心态中所孕育而成的新的生活原则：他们"仗剑去国，辞亲远游"，向往漫游生活，向往名山大川，向往边塞，向往仕途。李白说："抱剑辞高堂，将投霍冠军。"（《送张秀才从军》）岑参说："男儿感忠义，万里忘越乡。"（《武威送刘单判官赴安西行营便呈高开府》）高适说："岂不思故乡？从来感知己。"（《登陇》）这与苏轼是两种不同的生活观念。或许可以说，蜀人不仕所引起的深刻的乡土之恋，促成了苏轼人生思考的早熟，也预伏和孕育着他整个的人生观。王粲《登楼赋》云："人情同于怀土，孰穷达而异心？"在苏轼心中得到放大、延伸和升华，正是以怀乡作为思考的起点，推演出对整个人生旅程无常和虚幻的体验。

其次是他一生坎坷曲折的经历。

苏轼一生经历两次"在朝—外任—贬居"的过程。他既经顺境，复历逆境，得意时是誉满京师的新科进士，独当一面的封疆大吏，赤绂银章的帝王之师；失意时是柏台肃森的狱中死囚，躬耕东坡的陋邦迁客，啖芋饮水的南荒流人。荣辱、祸福、穷达、得失之间反差的巨大和鲜明，使他咀嚼尽种种人生况味。元祐时，二十几天之间由登州召还，从礼部郎中、中书舍人升到翰林学士兼侍读，荣宠得来迅速，连他自己也不免愕然。绍圣时，从定州知州南贬，先以落两职、追一官以左朝奉郎（正六品上）知英州；诰命刚下，又降为充左承议郎（正六品下）；途中又贬建昌军司马、惠州安置；再改贬宁远军节度副使、惠州安置。三改谪命，确乎需要超凡的承受能力。这种希望和失望、亢奋和凄冷、轩冕荣华和踽踽独处，长时间的交替更迭，如环无端，不知所终，也促使他去领悟宇宙人生的真相，去探索在纷扰争斗的社会关系中，个体生命存在的目的、意义和价值。从生活实践而不是从纯粹思辨去探索人生底蕴，这是苏轼思维的特点。

苏轼的人生苦难意识和虚幻意识是异常沉重的，但并没有发展到对整个人生的厌倦和感伤，其落脚点也不是从前人的"对政治的退避"变而为"对社会的退避"。他在吸取传统人生思想和个人生活体验的基础上，形成了一套苦难—省悟—超越的思路。以下从他反复咏叹的"吾生如寄耳"和"人生如梦"作些分析。

在苏轼诗集中共有九处用了"吾生如寄耳"句，突出表现了他对人生无常性的感受。这九处按作年排列如下：

（一）熙宁十年《过云龙山人张天骥》："吾生如寄耳，归计失不早。故山岂敢忘，但恐迫华皓。"

（二）元丰二年《罢徐州往南京马上走笔寄子由五首》："吾生如寄耳，宁独为此别。别离随处有，悲恼缘爱结。"

（三）元丰三年《过淮》："吾生如寄耳，初不择所造。但有鱼与稻，生理已自毕。"

（四）元祐元年《和王晋卿》："吾生如寄耳，何者为祸福。不如两相忘，昨梦那可逐。"

（五）元祐五年《次韵刘景文登介亭》："吾生如寄耳，寸晷轻尺玉。""清游得三昧，至乐谢五欲。"

（六）元祐七年《送芝上人游庐山》："吾生如寄耳，

出处谁能必？"

（七）元祐八年《谢运使仲适座上，送王敏仲北使》："聚散一梦中，人北雁南翔。吾生如寄耳，送老天一方。"

（八）绍圣四年《和陶拟古九首》："吾生如寄耳，何者为吾庐？""无问亦无答，吉凶两何如？"

（九）建中靖国元年《郁孤台》："吾生如寄耳，岭海亦闲游。"

这九例作年从壮（四十二岁）到老（六十六岁），境遇有顺有逆，反复使用，只能说明他感受的深刻。在他的其他诗词中还有许多类似"人生如寄"的语句。

应该指出，"人生如寄"的感叹，从汉末《古诗十九首》以来，在诗歌史中不绝于耳。《古诗十九首》（驱车上东门）云："浩浩阴阳移，年年如朝露；人生忽如寄，寿无金石固。"曹植《浮萍篇》："日月不常处，人生忽如寄；悲风来入怀，泪下如垂露。"直至白居易《感时》："人生讵几何，在世犹如寄。""唯当饮美酒，终日陶陶醉。"《秋山》："人生无几何，如寄天地间。心有千载忧，身无一日闲。"等等。苏轼显然承袭了前人的思想资料。他们的共同点是发现了人生有限和自然永恒的矛盾，这是产生人生苦难意识的前提。

然而，第一，前人从人生无常性出发，多强调其短暂，或以朝露为喻，或以"几何"致慨，或径直呼为"忽"；而苏轼侧重强调生命是一个长久的流程（参看山本和义《苏轼诗论稿》，《中国文学报》第十三册）。"别离随处有""出处谁能必""何者为祸福""何者为吾庐"等，聚散、离合、祸福、凶吉都处在人生长途中的某一点，但又不会固定在某一点，总是不断地交替嬗变，永无止息。他的《和子由渑池怀旧》说："人生到处知何似？应似飞鸿踏雪泥；泥上偶然留指爪，鸿飞那复计东西！""雪泥鸿爪"的名喻，一方面表现了他初入仕途时的人生迷惘，体验到人生的偶然和无常，对前途的不可把握；另一方面却透露出把人生看作悠悠长途，所经所历不过是鸿飞千里行程中的暂时歇脚，不是终点和目的地，总有未来和希望。

白居易《送春》诗说："人生似行客，两足无停步。日日进前程，前程几多路。"虽也有人生是流程的意思，但时间短暂，前程无多。因此，第二，前人在发现人生短暂以后，大都陷入无以自抑的悲哀；而苏轼的歌唱中固然也如实地带有悲哀的声调，但最终却是悲哀的扬弃。前人面对人生短暂的难题，一是导向长生的追求，服药求仙，延年长寿；二是导向享乐，或沉湎杯酒，或优游山水，以精神的麻醉或心灵的安息来尽情享乐人生，忘却死亡的威胁；三是导向顺应，或如庄子那样，以齐生死、取消一切差别的相对主义来达到"天地与我并生，而万物与我为一"（《庄子·齐物论》）的境界，或如陶渊明那样"纵浪大化中，不喜亦不惧"（《神释》）的委运任化，混同自然。他们不求形骸长存转而追求精神上的永恒，这在中国文人的人生思想上开辟了新的天地。苏轼接受过顺应思想的深刻影响，早在嘉祐四年的《出峡》诗中，他就说："入峡喜巉岩，出峡爱平旷。吾心淡无累，遇境即安畅。"但是，庄子是从"坐忘""心斋"的途径，达到主体与天地万物同一的神秘的精神境界，陶渊明则认为"人生似幻化，终当归空无"（《归园田居五首》其四），是一种放弃追求的追求。苏轼与这种反选择的被动人格实异其趣。他从人生为流程的观点出发，对把握不定的前途仍然保持希望和追求，保持旷达乐观的情怀，并从而紧紧地把握自身，表现出主体的主动性和选择性。在《送蔡冠卿知饶州》中，既感喟"世事徐观真梦寐"，又表达了"人生不信长坎坷"的信念。《游灵隐寺得来诗复用前韵》说："盛衰哀乐两须臾，何用多忧心郁纡。"在《浣溪沙》词中，更高唱"谁道人生无再少？门前流水尚能西，休将白发唱黄鸡"的生命颂歌。承认人生悲哀而又力求超越悲哀，几乎成了他的习惯性思维。他的《水调歌头》中诉说了"人有悲欢离合，月有阴晴圆缺"这个永恒的缺憾，而以"但愿人长久，千里共婵娟"的乐观祝愿作结。另一首写兄弟聚散的诗《颍州初别子由》也叙写他对"离合既循环，忧喜迭相攻"的发现，虽也不免发出"语此长太息，我生如飞蓬"的感喟，但仍以"多忧发早白，不见六一翁"相戒相劝，"作诗解子忧"，排忧解闷才是最终的主旨。苏轼以人生为流程的思想，对生活中可能遇到的挫折和困苦具有淡化、消解的功能，所以，同是"人生如寄"，前人作品中大多给人以悲哀难解的感受，而在苏轼笔下，却跟超越离合、忧喜、祸福、凶吉乃至出处等相联系，并又体现了主体自主的选择意识，表现出触处生春、左右逢源的精神境界。

苏轼诗词中又常常有"人生如梦"的感叹，这又突出表现了他对人生虚幻性的感受。如果说，"人生如寄"主要反映人们在时间流变中对个体生命有限性的沉思，苏轼却从中

154

寄寓了对人生前途的信念和追求，主体选择的渴望，那么，"人生如梦"主要反映人们在空间存在中对个体生命实在性的探寻，苏轼却从中肯定个体生命的珍贵和价值，并执着于生命价值的实现。

仅从苏词取证。"人生如梦"原是中国文人的常规慨叹，苏轼不少词句亦属此类。如"世事一场大梦，人生几度新凉"（《西江月》），"笑劳生一梦，羁旅三年，又还重九"（《醉蓬莱》），"一梦江湖费五年"（《浣溪沙》），"十五年间真梦里"（《定风波》），"万事到头都是梦，休休，明日黄花蝶也愁"（《南乡子》）等，大都从岁月流驶、往事如烟的角度着眼，似尚缺乏独特的人生思考的新视角。白居易曾说："百年随手过，万事转头空"（《自咏》），苏轼则说："休言'万事转头空'，未转头时是梦"（《西江月》），意谓不仅将来看现在是梦，即过去之事物是梦，而且现存的一切也本是梦，比白诗翻进一层，较之"世事一场大梦"等常规慨叹来，他对人生虚幻性的感受深刻得多了。但更重要的是，苏轼并不沉溺于如梦的人生而不能自拔，而是力求超越和升华。他说："古今如梦，何曾梦觉，但有旧欢新怨"（《永遇乐》），意谓人生之梦未醒，盖因欢怨之情未断，也就是说，摒弃欢怨之情，就能超越如梦的人生。李白《春日醉起言志》说："处世若大梦，胡为劳其生？所以终日醉，颓然卧前楹。"苏轼反其意而用之："寄怀劳生外，得句幽梦余"（《谷林堂》），同样表现了对如梦劳生的解脱。苏轼还从生存虚幻性的深刻痛苦中，转而去寻找被失落的个体生命的价值，肯定自身是唯一实在的存在。他说，"长恨此身非我有，何时忘却营营。"（《临江仙》）这也是反用《庄子》的意思。《庄子·知北游》云："舜问乎丞曰：'道可得而有乎？'曰：'汝身非汝有也，汝何得有夫道？'舜曰：'吾身非吾有也，孰有之哉？'曰：'是天地之委形也。生非汝有，是天地之委和也；性命非汝有，是天地之委顺也；孙子非汝有，是天地之委蜕也。'"庄子认为人的一切都是自然的赋予，把"吾身非吾有""至人无己"当作肯定的命题；苏轼却肯定主体，认为主体的失落乃因拘于外物、奔逐营营所致，对主体失落的悲哀同时包含重新寻找自我的热忱。他的《六观堂老人草书》也说："物生有象象乃滋，梦幻无根成斯须。方其梦时了非无，泡影一失俯仰殊。清露未晞电已徂，此灭灭尽乃真吾。"佛家把人生看成如梦如幻如泡如影如露如电，称为"六如"，苏轼却追求六如"灭尽"以后的"真吾"。他的名篇《百步洪》诗也是因感念人生会晤顿成"陈迹"而作。前半篇对水势湍急的勾魂摄魄的精彩描写，却引出后半篇"我生乘化日夜逝，坐觉一念逾新罗""觉来俯仰失千劫，回视此水殊委蛇""但应此心无所住，造物虽驶如吾何"等哲理感悟，就是说，人们只要把握自"心"，就能超越造物的千变万化，保持自我的意念，就能超越时空的限制而获得最大的精神自由。苏轼又说："身外傥来都是梦"（《十拍子》），"梦中了了醉中醒"（《江城子》）等，也从否定身外的存在转而肯定自身的真实存在，并力图在如梦如醉的人生中，保持清醒的主体意识。

苏轼的人生思想，作为一个整体，它的各个部分是从互相撞击、制约中而实现互补互融的。他的经世济时的淑世精神和贯串一生的退归故土的恋乡之情，对刚直坚毅的人格力量的追求和自由不羁的个人主体价值的珍重，都奇妙地统一在他身上。随着生活的顺逆，他心灵的天平理所当然地会发生向某一方向的倾斜和侧重，但同时其另一方向并没有失重和消失。挫折和困境固然无情地揭开了人生的帷幕，认识到主体以外存在的可怕和威胁，加深了对人生苦难和虚幻的感受，但是，背负的传统儒家的淑世精神又使他不会陷入彻底的享乐主义和混世、厌世主义，而仍然坚持对美好生活的追求和信念。直到他晚年，他既表白"君命重，臣节在"，但又说："新恩犹可觊，旧学终难改，吾已矣，乘桴且恁浮于海。"（《千秋岁》）北还过赣州，他作《刚说》，反驳"刚者易折"的说法，认为此乃"患得患失之徒"的论调，仿佛重现了风节凛然的直臣仪范；但同时又说："人世一大梦，俯仰百变，无足怪者"（《与宋汉杰书》），显出一个历经沧桑的老者的了悟。他任开封府推官时，曾结识爱好道术和炼丹的李父，此时恰逢其子，他说："曾陪令尹苍髯古，又见郎君白发新"（《次韵韶倅李通直》），对炼丹那一套也似失去信仰；他临终写过"平生笑罗什，神咒真浪出"的绝笔，更拒绝高僧维琳"勿忘西方"的劝诫。确如他所说："莫从老君言，亦莫用佛语。仙山与佛国，终恐无是处。"（《和陶神释》）他扬弃了佛道的愚妄和虚无。他的人生思考的多元取向，最终落实到对个体生命、独立人格价值的脚踏实地的不倦追求。直到生命之旅的终点，他没有遗憾、没有牵挂地离去。他有了一个很好的完成。

二

　　苏轼对人生价值的多元取向直接导致他文化性格的多样化，而他人生思考的深邃细密，又丰富了性格的内涵。千百年来，他的性格魅力倾倒过无数的中国文人，人们不仅歆羡他在事业世界中的刚直不屈的风节、民胞物与的灼热同情心，更景仰其心灵世界中洒脱飘逸的气度，睿智的理性风范，笑对人间厄运的超旷。中国文人的内心里大都有属于自己的精神绿洲，正是苏轼的后一方面，使他与一代又一代的读者建立了异乎寻常的亲切动人的关系。从人生思想的角度来努力掌握他有血有肉的性格整体，是很有意义的。以下仅从狂、旷、谐、适四个方面作些探索。

　　中国文人中不乏狂放怪诞之士，除了生理或病理的因素外，从文化性格来看，大致可分避世和傲世两类。前者佯狂伪饰以求免祸，但也有张扬个性的意味，如阮籍；后者却主要为了保持一己真率的个性，形成与社会的尖锐对抗，如嵇康。而其超拔平庸的性格力度和个性色彩，吸引后世文人的广泛认同。

苏轼早年从蜀地进京，原也心怀惴惴，颇有"盆地意识"；作为这种意识的反拨，他又具有狂放不羁的性格特征。文同《往年寄子平（即子瞻）》中回忆当时两人交游情景说"虽然对坐两寂寞，亦有大笑时相轰。顾子（苏轼）心力苦未老，犹弄故态如狂生。书窗画壁恣掀倒，脱帽襪带随纵横。喧呶歌诗蹈文字，荡突不管邻人惊"，为我们留下了青年苏轼任诞绝俗的生动形象。但是，正如他当时《送任伋通判黄州兼寄兄孜》诗所说"吾州之豪任公子，少年盛壮日千里"，苏轼的"豪"，跟他的这位同乡一样，主要是"少年盛壮"、挥斥方遒的书生意气，尚未包含深刻的人生内涵。岳珂《桯史》卷八云"蜀士尚流品，不以势诎"，木强刚直、蔑视权威的地方性格显然也对苏轼早期的狂豪起过作用。他当时也有"君不见阮嗣宗臧否不挂口，莫夸舌在齿牙牢，是中惟可饮醇酒。读书不用多，作诗不须工，海边无事日日醉，梦魂不到蓬莱宫"（《送刘攽倅海陵》）的强烈感叹，也是激愤的宣泄多于理性的思考。

到了"乌台诗案"以前的外任期间，随着人生阅历的丰富，他在多次自许的"狂士"中，增加了傲世、忤世、抗世的成分。在《次韵子由初到陈州》一诗里，他要求苏辙像东晋周谟那样"阿奴须碌碌，门户要全生"，因为他自己已像周谟之兄周颛、周嵩那样抗直不为世俗所容。他在此诗中所说的"疏狂托圣明"，是愤懑的反话，其《怀西湖寄晁美叔同年》诗就以"嗟我本狂直，早为世所捐"的正面形式径直说出同一意思了。细品他此时的傲世，也夹杂畏世、惧世的心情。《颍州初别子由》说"嗟我久病狂，意行无坎井"，嗟叹悔疚应是有几分真情；《送岑著作》说"人皆笑其狂，子独怜其愚"，并说"我本不违世，而世与我殊"，似也表达与世谐和的一份追求。

"乌台诗案"促成了苏轼人生思想的成熟。巨大的打击使他深切认识和体会到外部存在着残酷而又捉摸不定的力量，转而更体认到自身在茫茫世界中的地位。这场直接危及他生命的文字狱，反而导致他对个体生命价值的重视和珍视，他的"狂"也就从抗世变为对保持自我真率本性的企求。他的《满庭芳》说："事皆前定，谁弱又谁强。且趁闲身未老，须放我些子疏狂。百年里，浑教是醉，三万六千场。"对命运之神飘忽无常的慨叹，适见其对生命的钟爱，而酣饮沉醉即是保持自我本性的良方，正如他自己所说"醉里微言却近真"（《赠善相程杰））)。他的《十拍子》在"身外傥来都似梦"的感喟后，决绝地宣称："莫道狂夫不解狂，狂夫老更狂。"他在《又书王晋卿画·四明狂客》中讥笑贺知章退隐时奏乞周宫湖之举"狂客思归便归去，更求敕赐枉天真"，砭伤"天真"就配不上"狂客"的称号。

苏轼狂中所追求的任真，是一种深思了悟基础上的任真。晏几道有"殷勤理旧狂"的奇句，"狂已旧矣，而理之，而殷勤理之，其狂若有甚不得已者"（况周颐《蕙风词话》卷二）。小晏的任真，像黄庭坚在《小山词序》所描述的"四痴"那样，更近乎一种天性和本能，没有经过反省和权衡。据说苏轼曾欲结识小晏而遭拒绝，事虽非可尽信，但其吸引和排拒却象征着两狂的同异。

旷和狂是相互涵摄的两环。但前者是内省式的，主要是对是非、荣辱、得失的超越；后者是外铄式的，主要是真率个性的张扬。然而都是主体自觉的肯定和珍爱。苏轼以"坡仙"名世，其性格的实在内涵主要即是旷。

苏轼的旷，形成于几次生活挫折之后的痛苦思索。他一生贬居黄州、惠州、儋州三地，每次都经过激烈的感情冲突和心绪跌宕，都经过喜—悲—喜（旷）的变化过程。元丰时贬往黄州，他的《初到黄州》诗云："自笑平生为口忙，老来事业转荒唐。长江绕郭知鱼美，好竹连山觉笋香。逐客不妨员外置，诗人例作水曹郎。只惭无补丝毫事，尚费官家压酒囊。"他似乎很快地忘却了"诟辱通宵"的狱中生活的煎熬，对黄州"鱼美""笋香"的称赏之中，达到了心理平衡。但是，贬居生活毕竟是个严酷的现实，不久又不免悲从中来：他写孤鸿，是"有恨无人省""拣尽寒枝不肯栖"；写海棠，是"名花苦幽独""天涯流落俱可念"，都是他心灵的外化。随后在元丰五年（1082）出现了一批名作：前后《赤壁赋》、《定风波》（莫听穿林打叶声）、《浣溪沙》（山下兰芽短浸溪）、《西江月》（照野弥弥浅浪）、《临江仙》（夜饮东坡醒复醉）等，都共同抒写出翛然旷远、超尘绝世的情调，表现出旷达文化性格的初步稳固化。绍圣初贬往惠州，他的《十月二日初到惠州》诗云："仿佛曾游岂梦中，欣然鸡犬识新丰。吏民惊怪坐何事，父老相携迎此翁。苏武岂知还漠北，管宁自欲老辽东。岭南万户皆春色，会有幽人客寓公。"这似是《初到黄州》诗在十几年后的历史回响！他又抒写"欣然"，描述口腹之乐。"苏武"一联明云甘心老于惠州，实寓像苏武、管宁那样最终回归中原之望，基调是平静的。但不久又跌入悲哀：《十一月二十六日松风亭下梅花盛开》诗，思绪首先牵向黄州之梅"春风岭上淮南村，昔年梅花曾断魂"，继而感叹于"岂知流落复相见，蛮风蜑雨愁黄昏"。经过一段时期悲哀的沉浸，他又扬弃悲哀了：他的几首荔枝诗，"人间何者非梦幻，南来万里真良图"（《四月十一日初食荔支》），"日啖荔支三百颗，不辞长作岭南人"（《食荔支》），借对岭南风物的赏爱抒其旷达之怀。绍圣四年（1097）贬往儋州，登岛第一首诗《行琼儋间，肩舆坐睡，梦中得句云："千山动鳞甲，万谷酣笙钟。"觉而遇清风急雨，戏作此数句》，以其神采飞扬、联想奇妙而成为苏诗五古名篇："应怪东坡老，颜衰语徒工，久矣此妙声，不闻蓬莱宫。"自赏自得之情溢于言表。但不久在《上元夜过赴儋守召，独坐有感》等作中，又不禁勾引起天涯沦落的悲哀："搔首凄凉十年事，传柑归遗满朝衣。"但以后的《桄榔庵铭》《在儋耳书》《书海南风土》《书上元夜游》等文中，又把旷达的思想发挥到极致。

苏轼三贬，贬地越来越远，生活越来越苦，年龄越来越老。然而这"喜—悲—旷"的三部曲过程却越来越短，导向旷的心境越来越快；同时，第一步"喜"中，旷的成分越来越浓，第二步的"悲"，其程度越来越轻，因而第三步"旷"的内涵越来越深刻。苏轼初到贬地的"喜"，实际上是故意提高对贬谪生活的期望值，借以挣脱苦闷情绪的包围，颇有佯作旷达的意味；只有经过实在的贬谪之悲的浸泡和过滤，也就是历经人生大喜大悲的反复交替的体验，才领悟到人生的底蕴和真相，他的旷达性格才日趋稳定和深刻，才经得住外力的任何打击。

苏轼的旷达不是那类归向灭寂空无的任达。南宋宋自逊《贺新郎·题雪堂》云："一月有钱三十块，何苦抽身不早！又底用、北门摘藻？儋雨蛮烟添老色，和陶诗、翻被渊明恼。到底是，忘言好。"指出苏轼未能彻底任达，其实苏轼自己早就说过，"我比陶令愧"（《辩才老师退居龙井……》）、"我不如陶生，世事缠绵之"（《和陶饮酒二十首》），殊不知这点"不如"，正是他的思想性格始终未曾完全脱离现实世界的地方。

"东坡多雅谑。"（《独醒杂志》卷五）他的谐在人生思想的意义上是淡化苦难意识，用解嘲来摆脱困苦，以轻松来化解悲哀。作为内心的自我调节机制，在他的性格结构中发挥着润滑剂、平衡器的作用。他的谐首先具有对抗挫折、迎战命运的意义。他在惠州作《纵笔》诗，以"白头萧散满霜风"的衰病之身，却发出"报道先生春睡美，道人轻打五更钟"的趣语，岂料因此招祸再贬海南；他到海南后又作《纵笔》："寂寂东坡一病翁，白须萧散满霜风。小儿误喜朱颜在，一笑那知是酒红！"同题同句，表现了他对抗迫害的倔强意志，而满纸谐趣更透露出他的蔑视。晚年北返作《次韵法芝举旧诗》："春来何处不归鸿，非复嬴牛踏旧踪。但愿老师真似月，谁家瓮里不相逢。"九死一生之后而仍向飘忽无常的命运"开玩笑"，实含对命运的征服。对苏轼颇有微词的朱熹，在《跋张以道家藏东坡枯木怪石》中说："苏公此纸出于一时滑稽诙笑之余，初不经意。而其傲风霆、阅古今之气，犹足以想见其人也。"他的"滑稽诙笑"跟"傲风霆、阅古今"互为表里，因而他的谐趣又表现出"含着眼泪的微笑"和"痛苦的智慧"的特点，不同于单纯具有可笑性的俏皮，更不同于徒呈浅薄的油滑。

他的谐又是他真率个性的外化和实现，与狂、旷植根于同一性格追求，同时又表现了他对自我智商的优越感，增添了他文化性格的光彩。林纾《春觉斋论文》谓"东坡诗文咸有风趣，而题跋尤佳""风趣之妙，悉本天然""能在不经意中涉笔成趣""见诸无心者为佳"，揭示了谐趣或风趣在个性性格上的内涵。苏轼《六观堂老人草书》云"逢场作戏三昧俱"，这里的"三昧"，也不妨理解为自然真率之性。《碧溪诗话》卷十追溯俳谐体的渊源时指出，东方朔、孔融、祢衡、张长史、颜延年、杜甫、韩愈多有谑语，但"大体材力豪迈有余，而用之不尽自然如此"，至苏轼笔下遂蔚为大国："坡集类此不可胜数。《寄蕲簟与蒲传正》云：'东坡病叟长羁旅，冻卧饥吟似饥鼠。倚赖东风洗破裘，一夜雪寒披故絮。'《黄州》云：'自惭无补丝毫事，尚费官家压酒囊。'《将之湖州》云：'吴儿脍缕薄欲飞，未去先说馋涎垂。'又：'寻花不论命，爱雪长忍冻。天公非不怜，听饱即喧哄。'《食笋》云：'纷然生喜怒，似被狙公卖。'《种茶》云：'饥寒未知免，已作太饱计。''平生五千卷，一字不救饥。''饥来凭空案，一字不可煮。'皆斡旋其章而弄之，信恢刃有余，与血指汗颜者异矣。"黄彻所举数例，多为生活困顿时期的日常细事，但生活的苦涩却伴随着谐趣盎然的人生愉悦，其原因即是其中跃动着孩提般纯真自然的心灵。

适，是中国士人倾心追求的精神境界，包含多方面的内容：充分实现个体生命价值的人生哲学，平和恬适的文化性格，宁静隽永、淡泊清空的审美情趣。苏轼人生思考的落脚点和性格结构的枢纽点即在于此，并以此实现从现实人生到艺术人生的转化。

王维晚年所写的《与魏居士书》是他后半生人生哲学的总结。他说："孔宣父云：'我则异于是，无可无不可。'可者适意，不可者不适意也。……苟身心相离，理事俱如，则何往而不适？"王维借助孔子的话头，以禅宗的教义来阐发"适"的意义。他认为人只要"明心见性""身心相离"，达到"理事俱如"即对精神本体和现象界大彻大悟的境界，也就"何往而不适"了。王维当然没有放弃尘世的享受，但他的禅理思辨主要帮助他从精神上达到自适，因此，他的生活和创作更多地呈现出"不食人间烟火味"的高人雅士式的特点，并以体验空无、寂静作为最大的人生乐趣和最高的艺术精神。白居易《隐几》诗云："身适忘四支，心适忘是非，既适又忘适，不知我是谁。百体如槁木，兀然无所知；方寸如死灰，寂然无所思。"则更是一种泯灭一切、忘却自我的闲适观。苏轼与他们并不完全相同。他的适，主要反映了个人主体展向现实世界的亲和性，从凡夫俗子的普通日常生活中发现愉悦自身的美。他在黄州时期所写的四则短文反复地叙说这一点。《记承天寺夜游》在简练地写出月夜清景后说："何夜无月，何处无竹柏，但少闲人如吾两人耳。"《临皋闲题》说："江山风月，本无常主，闲者便是主人。"正如西方哲人所说："心境愈是自由，愈能得到美的享受。"（海德格尔语）苏轼也认为"闲人"才是无主江山的真正主人，多少佳景胜概被"忙人"匆匆错过。他的《书临皋亭》说："东坡居士酒醉饭饱，倚于几上，白云左缭，清江右洄，重门洞开，林峦岔入。当是时，若有思而无所思，以受万物之备，惭愧惭愧！"在一种寓意于物而不受制于物的精神状态下，领受大千世界的无穷之美，达到主体的完全自适和充分肯定。他在《雪堂问潘邠老》中，更自称追求"性之便，意之适"的极境，并云"吾非逃世之事，而逃世之机"。在这种思想支配下，他的文学创作展示了"微物足以为乐"的充盈的诱人的世界。他写《谪居三适》，一是《旦起理发》"老栉从我久，齿疏含清风。一洗耳目明，习习万窍通"；二是《午窗坐睡》"神凝疑夜禅，体适剧卯酒""谓我此为觉，物至了不受，谓我今方梦，此心初不垢"；三是《夜卧濯脚》"况有松风声，釜鬲鸣飀飀。瓦盎深及膝，时复冷暖投。明灯一爪剪，快若鹰辞鞲"。或写安适之趣，或写禅悦之味，于平庸卑琐中最大限度地发掘诗意。他的《六月十二日，酒醒步月，理发而寝》云"千梳冷快肌骨醒，风露气入霜蓬根"，《真一酒》云"晓日著颜红有晕，春风入髓散无声"，写闲适心情下才能体会到的梳发舒体、酒气上脸并周流全身的幽趣，而《汲江煎茶》更是于静默中见清丽醇美的名篇。化俗为雅、以俗为雅，这是苏轼思想性格和文学创作的显著特点，也是宋代整个人文思潮的共同趋向：理学与日常生活的贴近，宋诗的不避凡庸，宋词题材的日趋生活化，都可说明，但苏轼应是杰出的代表。

苏轼对闲适的追求，并不停留在单纯世俗化的浅层次上。黄州知州之弟徐得之建造"闲轩"，秦观作《闲轩记》，从儒家入世思想出发，不满徐得之"闲"的人生态度，"窃为君不取也"；苏轼作《徐大正闲轩》却云："冰蚕不知寒，火鼠不知暑。知闲见闲地，已觉非闲侣。""五年黄州城，不踏黄州鼓。人言我闲客，置此闲处所。问闲作何味，如眼不自睹。颇讶徐孝廉，得闲能几许？""应缘不耐闲，名字挂庭宇。我诗为闲作，更得不闲语。"他不满徐得之的是对闲适的自我标榜和刻意追求，他认为真正的闲适是性灵自然状态的不自觉的获得，是不能用语言说出、思维认知的。正如他论画所说："君从何处看，得此无人态？无乃槁木形，人禽两自在。"（《高邮陈直躬处士画雁二首》）这是高层次的自在境界。从这种意义上说，他的作品，特别是后期创作，都是真情的自然流露，既是闲适的表现，又是自适的手段。文艺创作使无可忍受的世界变得可以忍受，使他体认到个人生命活力的乐趣，主体自由的享受。他说："某平生无快意事，惟作文章，意之所到，则笔力曲折，无不尽意。自谓世间乐事无逾此者。"（《春渚纪闻》卷六引）坎坷的境遇却因此化作充满艺术审美情趣的人生，艺术创作是苏轼的真正生命。

苏轼的狂、旷、谐、适构成一个完整的性格系统，统一于他的人生思考的结果之上。这些性格因子随着生活经历的起伏，发生变化、嬗递、冲突，但他都能取得动态的平衡。这一性格系统具有很强的调节、自控和制约的机制，使他对每一个生活中遇到的难题，都有自己的一套理论答案和适应办法。尽管他的思想性格有着驳杂骚动的特点，以致有"大苏死去忙不彻，三教九流都扯拽"（《坚瓠九集》卷一引董遐周语）的笑谈，为各类人引为知己和楷模，但他毕生为之讴歌的，毕竟是人生之恋的赞歌。

参横斗转欲三更，苦雨终风也解晴。云散月明

谁点缀，天容海色本澄清。　空余鲁叟乘桴意，

粗识轩辕奏乐声。　九死南荒吾不恨，兹游奇绝

冠平生。

伍

苏轼的人生超越

崔　铭

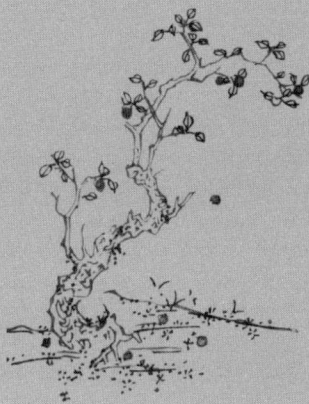

苏轼的人生际遇，幸与不幸都体现得非常突出。

从家庭生活来说，苏轼可以说非常幸运。首先，母亲程夫人天性善良，对世间一切有情生命都心存怜惜。苏轼曾在诗文中多次写到，他家的庭院长满花草树木，吸引了许多鸟儿来筑巢，程夫人严禁家人捕鸟取卵，因此苏家庭院里的鸟儿都不怕人，鸟窝就筑在低矮的树枝上，小孩子可以俯身观看。和一般只能主内的传统女性不同，程夫人还很有经营才干，为了让丈夫专心读书，她卖掉自己的嫁妆作为本钱，开了一家绸布铺。在她的努力下，苏家的经济状况很快得到改善。虽然赚钱并不容易，但程夫人决不吝啬，只要家中稍有余财，便热心地周济贫困的亲戚和乡邻。而且，程夫人还喜爱读书，具有良好的文化素养。由于父亲苏洵常常在外游学，苏轼童年时期的教育主要也是由母亲负责。7岁前，母亲亲自教他识字；7岁后上了小学，放学后也是在母亲的督促和辅导下学习。

苏轼的父亲苏洵、弟弟苏辙均以散文著称于世。"一门父子三词客，千古文章八大家"，"唐宋散文八大家"，苏家占了三位。苏轼和弟弟情深意笃、志同道合。他所处的时代是一个政治斗争非常激烈的时代，新旧党争导致朋友反目、亲人决裂，这样的情况十分常见。但苏轼、苏辙两兄弟始终保持一致，同进共退，患难之中，相互扶持，在大是大非上，从来没有发生过矛盾，特别难得。

苏轼的结发妻子王弗知书达理。《江城子·十年生死两茫茫》，就是苏轼因怀念王弗而作的经典名篇，那时王弗去世已经十年。在苏轼心中，王弗是一个无法替代的人物。她不仅博览群书，而且比苏轼更加理性，善于识人。苏轼胸无城府，"眼前见天下无一个不好人"（高文虎《蓼花洲闲录》）。担任凤翔签判时，苏轼还只有20多岁，第一次带着妻儿离开父亲，独自面对复杂的官场，王弗便成了他的幕后高参。每天从衙门回来，苏轼都会和王弗聊一聊当天发生的事情，王弗则一一加以评议。有人上门拜访，王弗也会躲在屏风后仔细聆听。客人走后，便跟苏轼讨论分析，这个人是否值得交往，那个人是否需要提防，等等。事后证明，王弗的这些分析和评议大多都很正确。

王弗去世后，苏轼续娶了王弗的堂妹王闰之。王闰之不属于博学型女性，但善良贤惠、沉稳明智。对于王弗留下来的孩子（苏轼的长子苏迈）视同己出。苏轼的性格比较感性，富于激情，有时情绪高昂，有时也会比较消沉——我们可能都只知道苏轼的旷达乐观，但毕竟人非圣贤，遇到事情苏轼也同样难免低落颓丧。王闰之则能保持平稳安定的情绪，就像家里的定海神针。苏轼作于密州的《小儿》一诗，就记录了一个日常生活的小小片段，从中可以窥见，他们家庭生活的温馨、和美，跟王闰之有很大的关系。

苏轼的侍妾王朝云，多才多艺，与苏轼知己莫逆。朝云12岁就进了苏家，在苏家长大。她非常好学，读了很多书，也喜欢练习书法。在为朝云所作的墓志铭中，苏轼称赞朝云的字"粗有楷法"（苏轼《悼朝云诗并引》）。苏轼在政治上，从不以立场决定思想，而是以独立的思想来选择立场，因此常常显得与当政者格格不入，只有朝云最理解他的“一肚皮不合时宜”（费衮《梁溪漫志》）。苏轼晚年贬谪惠州时，王闰之已经去世。朝云追随苏轼去到当时的蛮荒之地，与他同甘共苦。此外，朝云还爱好佛学，曾跟一位著名的比丘尼学佛，对于生死祸福也有十分冷静睿智的态度。

苏轼的三个儿子——苏迈、苏迨、苏过，个个孝顺懂事，苏轼有很多诗文夸奖三个儿子。“乌台诗案”发生时，长子苏迈才20岁，虽然从小生长富贵之中，但在家庭突然遭遇灭顶之灾时，他勇敢坚定地承担起了责任，不仅在生活上体贴照顾父亲，而且成为父亲精神上的依靠，苏轼曾在诗中写道：“独喜小儿子，少小事安佚。相从艰难中，肝肺如铁石。便应与晤谈，何止寄衰疾。”（苏轼《过淮》）苏轼晚年贬谪惠州、儋州七年，幼子苏过始终陪伴身边，成为苏轼的玩伴、诗友、管家、厨师。在写给朋友的信中，苏轼曾欣慰地说：“儿子过颇了事，寝食之余，百不知管。过亦颇力学长进也。”（苏轼《答徐得之》），意思是苏过长于处理家事，自己什么都不用操心，日子过得从容自在。而且苏过还十分上进，一有时间就读书写作，十分刻苦。三个儿子中，老二苏迨的文采特别好。苏迨16岁那年，写了一首《淮口遇风》，苏轼读后十分赞赏，立即步韵唱和，自称"病骥"，称儿子为"骥子"，称赞苏迨传承家学，青出于蓝而胜于蓝，还将父子两人的唱和之作寄给远方的朋友欣赏。此外，苏轼还有十三个孙儿，五个孙女。可以说，在家庭生活方面，苏轼真是非常幸运，所有亲伦关系中，他都得到了最好的这一份。

然而，苏轼的幸运又常常跟不幸紧密相连。17岁，他失去了唯一的姐姐。苏轼的父母总共生了六个孩子，前面三个出生不久就夭折了。跟苏轼、苏辙一起长大的只有这个姐姐。但姐姐在出嫁一年后不幸病逝，年仅18岁。对于17岁的苏轼来说，这是一个沉重的心理打击。22岁，苏轼兄弟刚刚考上进士，千里之外的故乡就传来母亲病逝的噩耗，大喜继之以大悲，这样的情感冲击难以想象。30岁到31岁，家中丧事一桩接着一桩，先是结发妻子王弗撒手人寰，不到一年，父亲苏洵又染疾身亡。而在49岁这一年，他最小的儿子苏遁不满周岁便夭折了。49岁，对于古人来说，已经算是步入老年，老年丧子，人生大不幸莫过于此。58岁，继室妻子王闰之先他而去，那时苏轼正满心期望着与王闰之携手归老田园，而她却匆匆撒手而去。61岁，贬谪惠州，侍妾王朝云病逝，对于处境艰难的苏轼来说更是雪上加霜。从少年到老年，他就这样一个接一个不断地失去最亲爱的家人。而自26岁起，他与弟弟苏辙天各一方，动如参商。几十年间，一直向往着有一天能结伴归老，共度余生，临终之际却连最后一面也未能见到，只能通过书信，嘱托后事。

就社会生活而言，苏轼几起几落，大起大落；忽南忽北，漂泊终生。得意时，他是誉满京师的新科进士、百年难遇的制科奇才、高贵清华的馆阁学士、主政地方的州府首长、赤绂银章的帝王之师。22岁，他与弟弟双双及第，令父亲欣喜异常，相传苏洵曾赋诗感叹："莫道登科易，老夫如登天；莫道登科难，小儿如拾芥！"26岁，苏轼又以宋代三百年间最好的成绩通过制科考试。制，即皇帝的命令。进士考试是常科，定期举行。制科则是由皇帝亲自下令，为选拔非常之才，不定期举行的考试，比进士考试难度更大。苏轼既中进士，又中制科，少年得志，前程一片光明。30岁，苏轼便进入馆阁，跻身名流行列。随后虽在王安石变法时期远离政治中心，但遭遇"乌台诗案"之前，基本上都是正常晋升，首先做通判，然后做知州，独当一面，主政一方。51

岁，升任翰林学士，做到三品高官，身穿红色的官服，佩戴着银质官印。古代读书人的最高理想便是做帝王之师，苏轼就已经做到了。

而失意时，他是革职查办的钦定要犯、生死未卜的狱中囚徒、前程无望的贬谪罪官、九死一生的南荒流人。44岁，他因讽刺新法而遭遇"乌台诗案"，被投入御史台的监狱中。御史台是宋代的监察机构。古人讲究御史台要有肃杀之气，通常建筑都是坐北朝南，而御史台衙门却是坐南朝北，院子里种满柏树，引来成群的乌鸦，给人十分肃杀的感觉，故而又称"柏台""乌台"。苏轼被关一百三十天，才得以从监狱里出来，随即贬谪黄州。作为贬谪官员，他基本上失去了经济来源，难以维持全家人的生计，不得不通过朋友的关系弄到一块废弃的营地，带领家人开始种地。到了晚年，他再一次遭贬，被贬谪到岭南。今天的广东属于经济发达地区，但在宋代那里是令人谈之色变的鬼门关，一旦贬谪到大庾岭以南，要想活着回来，几乎不可能。而苏轼不仅被贬到了岭南，甚至被贬到了海南岛，真正的天涯海角。南方落后的经济文化状况、潮湿炎热的气候，对于长期生活在北方发达地区的人来说，完全无法适应，物质上、精神上等各方面的条件都非常艰苦。

苏轼的一生，拥有过最幸福、美满的天伦亲情，享受过常人不敢奢望的荣耀、地位与炫人眼目的富贵。与此同时，也经历过一次又一次常人难以忍受的打击、磨难和蚀骨锥心的痛苦……这种反差极为强烈，但苏轼却历练出一种堪称理想的人生态度，千百年来令无数人向往并试图效仿。他在顺境中不迷失自我，心境恬淡，在逆境中乐观旷达，积极进取，始终坦荡、从容、潇洒、自在，保持着心灵的温厚善良，个性的热情明朗，精神的自由独立。苏轼以他的超然实现了苦难中的超越！而尤其难能可贵的是，苏轼的超然并不只是用来迎战厄运，应付失意，他对自我的期许并不因环境的改变而放弃。

苏轼是功名中人，但他能超越于功名之上。每一个人来到世间，尤其是中国古人深受儒家思想的影响，都觉得自己是肩负着使命而来的，既有家庭的、家族的责任，也有社会的使命。所以来到世上，就必须勤奋学习，去求取功名，为朝廷所用。这样才有机会完成家族的义务和社会的责任。

作为功名中人，苏轼从小就勤学求功名。60多岁在海南，苏轼曾作《夜梦》一诗，记录了一段梦境。梦中，他仿佛回到了童年时代。"夜梦嬉戏童子如,父师检责惊走书。计功当毕《春秋》余,今乃粗及桓庄初。怛然悸寤心不舒,起坐有如挂钩鱼……"为什么突然做这样一个梦呢?当时他刚刚到达海南岛,心绪缭乱消沉,无法静心读书,所谓静极生愁,于是梦回童年,受到父亲和老师的监督和责难。显然,这是另一个内在自我在反思、督促,不能再这样在消沉中虚度光阴了!虽然苏轼是一位罕见的天才,但他终其一生都在刻苦学习。所以他内在的自我就以梦的形式来提醒他。梦里他像小孩子一样,沉溺于玩乐。突然听说父亲要来检查功课,就非常慌张,开始拼命地赶功课。走书,这是非常形象的描写,指翻书翻得飞快。按照父亲的计划,在规定的时日内,必须把《春秋》全部读完,可他才读了一半,根本赶不过来了。他又着急,又害怕,极度紧张中突然惊醒,猛然坐起,心还在突突突地狂跳,好像吞了钓饵的鱼儿。由此可以想见,当年苏轼的父亲对他的要求是多么严厉。在《送安惇秀才失解西归》一诗中,苏轼也写道:"我昔家居断往还,著书不暇窥园葵。"他说当年我在家里读书的时候,和童年时代的朋友都断绝了来往,整天就在家里读书写文章,以至于连家中园子里花开花落、草木荣枯，都没有时间去看一眼。在这首诗中，他还给安敦秀才介绍了自己读书的经验之谈："旧书不厌百回读，熟读深思子自知。"

苏轼勤学求功名，结果非常成功。前面提到，他22岁中进士，26岁中制科。进士考试时，他以一篇《刑赏忠厚之至论》，得到主考官也是文坛领袖欧阳修的高度赞誉，预言他将来必定独步天下，成为一代文豪。制科考试时，又被仁宗皇帝称许为宰相之才，真可谓"春风得意马蹄疾"（孟郊《登科后》）。但是，他却能冷眼看功名，视人生如雪泥鸿爪：无论悲喜得失，都短暂易逝。少年得志也好，科考成功也罢，都只是漫漫人生之旅中一段小小的经历，就像鸿雁飞过雪原，偶一起落中留下的爪印，微不足道，很快便将随风而逝。今天人们常用的成语"雪泥鸿爪"，便出自苏轼26岁赴凤翔签判任途中所作《和子由渑池怀旧》一诗。"人生到处知何似？应似飞鸿踏雪泥。泥上偶然留指爪，鸿飞那复计东西。老僧已死成新塔，坏壁无由见旧题。往日崎岖还记否？路长人困蹇驴嘶。"这是一首典型的"以文为诗"的作品。所谓"以文为诗"，是指运用散文笔法写作诗歌，是中唐以来诗歌艺术发展的一个新方向，长于"以文为诗"的往往都是散文大家，如韩愈、欧阳修、苏轼。苏轼这首《和子由渑池怀旧》在写法上就非常像论说文，同时又富有生动可感的形象性，因而不失诗意的美感。首联以设问的方式提出论点："人生到处知何似？应似飞鸿踏雪泥。"人生像什么呢？就像茫茫的雪原上鸿雁偶然留下的爪印。颔联阐释论点："泥上偶然留指爪，鸿飞那复计东西。"鸿雁飞走了，爪印也会很快消失，你留下的痕迹再深，它最后也都会淹没在时光长河之中。颈联提出两个论据论证论点："老僧已死成新塔，坏壁无由见旧题。"老僧指的是渑池县寺庙里的老方丈。苏轼21岁那年，父亲带着他和弟弟进京，途经渑池县时，曾得到老方丈热情的接待，并请他们在寺庙墙壁上题诗。如今五年过去，苏轼独自重游故地，当年的老方丈已经去世，骨灰安葬在寺庙，上面建起了一座舍利塔；父子三人题写在壁上的诗句，也在岁月风雨的剥蚀下无法辨识了。尾联突然宕开一笔，转而提起一段难忘的记忆："往日崎岖还记否？路长人困蹇驴嘶。"这两句诗后面苏轼有一个自注："往岁马死于二陵，骑驴至渑池。"嘉祐元年，苏氏父子三人从陆路进京，"蜀道之难，难于上青天"（李白《蜀道难》），山路坎坷崎岖，将他们的马儿都累死了，最后只好骑驴到渑池。他为什么要提起这件事情呢？从前面六句来看，苏轼似乎已将人生看得太透彻了，太虚无。然而，最后两句又给这虚无的人生赋予了意义和价值。父子三人一同进京，我们可以想象旅途中他们的艰辛，他们彼此的鼓励、相互的扶持，他们怀揣的梦想，他们彼此的唱和……这些饱含着深情的美好回忆，背后是父子兄弟间浓浓的亲情，这才是速朽的人生中永恒不朽的部分。只要我们活着，记忆就会一直存在，所以人生并不虚无。苏轼看重的正是这种人与人之间的真情，而将功名利禄看得很淡。所以东坡是功名中人，但他能超越于功名之上。

其次，东坡是党争中人，但他能超越于党争之上。苏轼的仕宦生涯几乎与新旧党争相始终。宋神宗熙宁、元丰年间，王安石领导的新党执政，推行新法，苏轼因政见不合自请离京外任，先后担任杭州通判，密州、徐州知州。元丰二年，苏轼调任湖州知州，此时王安石已于三年前退休，神宗亲自主导变法。苏轼在熙宁年间曾写过不少讽刺新法的诗歌，当时虽也有人打过小报告，但并没有造成什么严重的后果，到了元丰初却被人抓住辫子了。由于当时主政者不再是王安石，而是神宗皇帝，反变法就是反皇帝，罪名很大，所以苏轼被御史们弹劾，并由神宗亲自批示，直接从湖州州府抓捕，"拉一太守，如驱犬鸡"（孔平仲《孔氏谈苑》），这就是历史上著名的"乌台诗案"。在御史台监狱关押一百三十天后，紧接着又被贬谪黄州。元丰八年神宗去世，哲宗即位，年仅9岁，祖母太皇太后高氏垂帘听政，起用反变法派大臣，第二年改年号为元祐，即继承宋仁宗的政治路线。苏轼官复原职，并获得迅速升迁，元丰八年年底回到汴京，元祐元年九月被任命为翰林学士，跻身于高级官员行列。而此时，朝廷的主流意识形态是全盘否定新法，苏轼则主张"校量利害，参用所长"（苏轼《辩试馆职策问札子》），对于新法中哪些法令是比较好的，哪些法令是不好的，要进行一番调查研究。好的就把它保留，不好的就把它废除。他因此遭到御史们的集体攻击，几乎再一次酿成诗案。没完没了的党派之争让他深感疲惫，于是再次自请离朝外任。自元祐四年起，他先后在杭州、颍州、扬州、定州担任知州。可见，苏轼虽是党争中人，却做到了不随"荆（荆国公王安石）"、不随"温（温国公司马光）"、不随时，他在新党执政时期持不同政见，在旧党执政时期依然持不同政见，超越了一党一派的立场。

今天历史学界在研究新旧党争的时候，有非常多对这段历史的检讨。南宋以来，出于特定的政治目的，一边倒地否定新法、否定新党，这一基调笼罩了整个元明清主流史学界。现在从学术的角度，我们能够更为客观地看到新旧两党各有弊端，而苏轼在某种程度上能够超越一党一派的立场，超越党派之间的意气之争。苏轼主张要以事实为宗旨，要以真理为依归，以国计民生为考量。大家非常熟悉的《题西林壁》一诗，是元丰七年苏轼49岁时写的，此时苏轼从黄州量移到汝州，量移的意思是说他仍然是一个罪官，只是神宗皇帝觉得他已经在黄州待了那么久，现在给他改善一下生活条件，表示对他在某种程度上的善意和谅解，要把他量移到汝州。汝州离京城比较近，而黄州在当时来说比较偏僻。苏轼平时是不能离开黄州的，这样就有个机会离开，从黄州到汝州的旅途之中，他可以相对自由一点。其间他到了庐山，在庐山写了很多诗，其中最有名的就是这一首《题西林壁》："横看成岭侧成峰，远近高低各不同。不识庐山真面目，只缘身在此山中。"今天大都把它看作一首哲理诗，它也确实富于哲理。如果结合苏轼的人生来理解，这首诗可以说是他在经历了"乌台诗案"、黄州之贬后，对包括新旧党争在内的人生历程的反思。通过反思，他认识到"当局者迷"。身在其中，无论从哪个角度观察，获得的都是片面的印象，是主观的，带有偏见的。只有跳出来，用我们现在的话来说，上升一个维度，从二维进入三维，或者从三维进入四维，很多事情就一目了然了。这是苏轼为什么能够在旧党执政时期，即便深受旧党恩惠，依然能够保持清醒的头脑，不受个人情感与主观成见影响，有足够的勇气来为曾经迫害过他的新党的新法辩护的原因。他其实不是为新党辩护，也不是为新法辩护，而是为国家应该有的、一个更好的政策辩护。

苏轼是苦难中人，但是他能超越于苦难之上。苏轼的苦难其实前面都已经提到过了，家庭生活中遭遇的苦难，社会生活中遭遇的苦难，都是非常人所能忍受的。尤其是他常常在大喜之后，紧接着就是一个大悲。比如说22岁考上进士，声名鹊起，正在等待朝廷授予官职的时候，甚至他考上进士的好消息可能还没有能够传递到故乡，故乡就传来了母亲去世的噩耗。30岁，他第一任凤翔签判任满回到京城，很快就通过学士院考试，成为馆阁学士，进入成为中高级官员的快车道。但紧接着的是妻子去世、父亲去世。父丧期满回到京城，遭遇了熙宁变法，因政见不合遭到御史弹劾，只好自请外任。接下来在地方上任职，又面临着理想与现实的矛盾。初到杭州，他的心情是比较消沉低落的，但作为东南第一大都会，杭州有好山好水，有好朋友，大量文人聚集在这里，一起唱和游宴的朋友非常多。还有很多色艺俱佳的乐工歌女，每天都有高水平的文艺表演可以欣赏，还有数不尽的美食。所以在杭州的日子过得还不错，这些外在的物质享受能够部分地消解他心中的失意和失落。可是三年后来到密州，情况却变了。虽然他从通判顺位晋升为知州，但是密州是一个相对偏僻的小州，无论从哪个方面来讲，条件都比不上杭州。而且密州当时的现实也是让苏轼非常难过，旱灾、蝗灾相继，老百姓没有饭吃，小孩子都养不活，为了活命不得不遗弃很多孩子，身为知州，苏轼"洒泪循城拾弃孩"，流着眼泪绕城沿途捡起那些被没有活路的老百姓丢下的孩子，这样一种现实状况和苏轼曾经的理想是充满了矛盾的。41岁这一年，他所写的《水调歌头·丙辰中秋》其实是把自己如何解决理想与现实矛盾的心路历程，以文学的形式呈现出来。后来他平级调动到徐州，徐州相较于密州而言是一个大州，他的责任更重了，但就依然远离朝廷、远离政治中心。

早年的理想更加遥不可及，而且似乎是永远都没有实现可能。作于徐州的《永遇乐·夜宿燕子楼》，也是他自我思考的表达。这两首词在思维方式上有一个共同的特点，跳出了自身主观、片面的立场，转换了视角和思路。"我欲乘风归去，又恐琼楼玉宇，高处不胜寒。"（苏轼《水调歌头·丙辰中秋》）这是一个空间上的角度位移。站在地球上仰望光明澄澈的月亮，那是一个令人神往的神仙福地。然而，"嫦娥应悔偷灵药，碧海青天夜夜心"（李商隐《嫦娥》）。在地球上有地球上的不满足，到月宫里是不是也有月宫里的不如意呢？今天我们科技发达，利用卫星从外太空拍摄地球，那是一个多么美丽的一个蔚蓝色星球呀！假如外太空真的有高级生命形态存在，看到这个蔚蓝色星球是不是也会想象那是一个琼楼玉宇的神仙福地？现代科技帮助我们认识的宇宙面貌，苏轼在将近千年前凭借想象力便已认识到，从而意识到自己深陷其中的认知悖论，并毅然以超凡的理性精神加以克服。现实充满缺陷，美好无法企及，这就是生活的本质，与其在烦恼中虚耗时光，何不从苦难中寻求快乐，从不完美中发现和创造美好？而"古今如梦，何曾梦觉，但有旧欢新怨。异时对，黄楼夜景，为余浩叹"（苏轼《永遇乐·夜宿燕子楼》），则是一个时间上的角度转换。因为这是一首怀古词，是在燕子楼前的怀古。面对古迹，站在时间的维度为古人感叹的时候，苏轼很快又跳出来了，跳到了未来，他说我现在为古人感叹，将来也会有人来为我感叹。如果不觉悟，一直沉浸在自己的悲欢离合、喜怒哀乐之中而没有超越、没有自觉。那么我们一代一代永远都只是在重复着那些旧欢新怨。当我们感叹别人的时候，是不是也应该跳出来反观一下自己呢？

苏轼在遭遇理想与现实矛盾的时候，通过这样的方式来开解自己的苦闷，从不同的角度来思考问题。而当他遭遇人生重大挫折的时候呢？我们来看《念奴娇·赤壁怀古》，这是他47岁在黄州写的。"乌台诗案"后，苏轼于元丰三年二月抵达黄州，九死一生的巨大灾难之后，犹如离群的孤鸿，"惊起却回头，有恨无人省"（苏轼《卜算子·黄州定惠院寓居作》），需要时间来修复自己心灵的伤痛。与政治上的艰难境遇相随而来的是经济的窘迫，手中积蓄仅够勉强坚持一年。元丰四年，他着手解决家庭的经济困难，率家人开垦东坡，躬耕垄亩。经过两三年的自我重建，他的人生思考进一步成熟，文学创作和书法、绘画艺术都进入了一个崭新的境界。赤壁三咏（《念奴娇·赤壁怀古》，以及前、后《赤壁赋》）便作于此时。词作开篇："大江东去，浪淘尽，千古风流人物。"为整首作品奠定的思想基调，后面所有的一切都笼罩在这三句之下。在这首词中，苏轼站在巨大无垠的时空高度俯瞰人生，运用无情的宇宙法则来审视人生，逝者如斯，时光一刻不停地流逝，不管多么伟大的人物、多么辉煌的功绩，最终都会消失在时间长河之中。成败兴亡、得失祸福，又有什么值得在意的呢？全都无足轻重。这看起来是一种非常消极的思想，但消极与积极从来都是相对的概念。苏轼此时正处在人生的绝境，这种看似消极的观念，恰恰起到了积极的作用，使得他能够把自己遭遇的灾祸看得不那么重，把自己的苦痛放下来，让生活可以继续。这是苏轼遭遇重大挫折时一种自我开解。在宏观的时空视角下反观自身，他意识到依然多情地执着于祸福得失是非常可笑的。所以他嘲笑自己，你为什么要那么在意呢，你可以不用在意，日子依然是可以过得下去的呀。他就这样从最艰难的境地中走了出来，以至于在他笔下留下来的那些篇章，留下的黄州山水，成为后世人人都向往的美妙境界。我们再看他在63岁这一年来到海南岛时的情况。在《试笔自书》一文中，他说

"吾始至南海，环视天水无际，凄然伤之"。所以苏轼也是人啊，他不是在任何时候都那么达观的。当他再一次被贬谪，被贬谪到了天涯海角，63岁的年纪，在当时来说已是年迈的老人，甚至超过一般人的平均寿命了，所以他的第一反应也是"凄然伤之"，很难过，很绝望："何时得出此岛耶？"不知道什么时候能离开，不知道是否还能活着离开。但是苏轼和我们不同的是，他不会一直让自己沉溺在这样一种伤心和绝望之中，他会很快地运用他强大的理性，把自己从痛苦之中拽出来，让自己跳出来。所以接着他又说："已而思之：天地在积水中，九州在大瀛海中，中国在少海中，有生孰不在岛者？"这里他运用的是先秦时代阴阳学派的宇宙理论，这个宇宙理论显然必须是跳出地球，在巨大的、很高的时空维度来俯视地球，才能够看得到的。天地原本就在一片空明的积水之中，作为天地一部分的九州，被大瀛海环绕，作为九州一部分中国，同样四面环海，如此看来，哪一种生物不是生活在岛上呢？"覆盆水于地，芥浮于水，蚁附于芥，茫然不知所济。少焉水涸，蚁即径去，见其类，出涕曰：'几不复与子相见！'"倒一盆水在地上，地面随即变成一片水域，漂浮着一片片的小草叶。一只正在觅食的蚂蚁慌忙爬到草叶上，水在流动，草叶也在漂动，小蚂蚁慌张了、害怕了，不知道会漂到什么地方去。那时候，它的内心也一定非常绝望。过了一会儿，水干了，蚂蚁就从草叶上爬下来，回到家里，见到自己的亲人，忍不住哭了起来，说："哎呀！我刚才差一点就跟你们见不上面了。"这里，苏轼给我们讲了一个寓言故事，然后他说："岂知俯仰之间，有方轨八达之路乎？"这只蚂蚁不知道，其实就一会儿的工夫。刚才还很绝望呢，一会儿的工夫，这一片蚂蚁眼中的汪洋大海就已经变成了四通八达的陆地了。所以这样一想又觉得很好笑。在这篇短短的小文中，苏轼首先是由大视小，从万类皆在"岛"中的宏观视野来安慰自己；接着由小视大，并且结合了"自其变者而观之"的动态视角。苏轼在《前赤壁赋》中曾谈到变与不变的话题，"自其变者而观之，则天地曾不能以一瞬"，小蚂蚁限于它的认知水平，一盆水造成的一片水域就足以让它绝望，但是我们作为人，怎么可以像蚂蚁那么短视呢？结合了这样一个动态的视角，以蚂蚁的卑微可笑来唤醒自己。这正是苏轼对苦难的超越。

苏轼是富贵中人，但他能超越于富贵之上。我们来看苏轼是如何对待富贵热闹场中的应酬的。苏轼50多岁的时候，迅速地从贬谪的位置官复原职，有时一个月升一次官，有时几个月升一次官，很快就由七品升到了正三品。宋代是百官的乐园，高级官员的生活待遇非常好，汴京城就是一个富贵热闹场，自然少不了有很多应酬。苏轼身在其中，也不能免俗。他是怎样对待应酬的呢？宋人笔记里记载有一个故事，说他家里经常会有客人来，他有两种待客的方法，如果来的客人是他不喜欢，但又不得不应酬的，他就"盛列妓女（歌舞妓），奏丝竹之声聒两耳"（施德操《北窗炙輠录》），整场宴席几乎不说一句话。他其实是不愿意跟这些人说场面话，就让他们欣赏音乐和歌舞吧。而这些苏轼看不上俗人，偏偏就最喜欢歌舞声色，回去之后还很开心，觉得苏轼对我可好了，热情地款待我，把家里的歌妓舞女都叫出来表演，对我可真热情。事实上，苏轼真正喜欢的人来了，"佳客至，则屏去妓乐"，歌妓舞女全部都不要了，"杯酒之间，惟终日谈笑耳"，在一起谈文学、哲学、历史，这才是苏轼真正的兴趣所在。这是他在富贵热闹场中对待应酬的方式，在其中又不在其中。

对待物质享受方面，苏轼的学生李廌（"苏门六君子"之一），在《师友谈记》里也记载了一个故事。苏轼有位亲戚叫蒲宗孟，元丰年间曾做过参知政事（即副宰相），元祐年间退休了，日常生活极其讲究，光是洗漱一事，就分大洗面、小洗面，大濯足、小濯足，大澡浴、小澡浴等等。他一天要洗两次脸，泡两次脚，隔天洗一次澡。小洗面要换两盆热水，两个人伺候，就光洗脸。大洗面要换三盆热水，五个人伺候，要洗到肩膀和脖子。小濯足就换两盆水，两个人伺候，洗到脚踝。大濯足要换三盆热水，四个人伺候，要洗到膝盖到大腿这个位置。小澡浴要用三壶热水，五六个人伺候；洗个大澡的话就要五壶水，八九个人伺候。还有口脂、面药、熏炉、妙香，以及各种讲究的护肤品。他给苏轼写信，介绍自己的养生，说晚年有所得。苏轼是怎么回答他的呢？"闻所得甚高，固以为慰，然复有二尚欲奉劝：一曰俭，二曰慈"，我觉得你这个还不错，我听了也很欣慰，但是我想奉劝你两点，第一要节俭，第二要慈悲。这就是苏轼在富贵之中的自处之道。苏轼认为，功名利禄，声色犬马，只能带给人暂时的满足，过后仍是无边的空虚。满足贪欲，反而会刺激贪欲。真正圆满快乐的人生，去除了对外物的渴望与贪求，"物物而不物于物"（《庄子·山木》），也就是说要主宰万物，而不被外物所主宰，不做物欲的奴隶。自我做主，自我完成。

苏轼是社会中人，有过很多的社会身份，但苏轼超越于所有社会身份之上。宋人笔记记载："苏子瞻泛爱天下士，无贤不肖欢如也。尝言：自上可以陪玉皇大帝，下可以陪卑田院乞儿。"（高文虎《蓼花洲闲录》）在他这里没有等级的概念，什么人都可以与之交往。他说："眼前见天下无一个不好人。"从不给人贴标签。另一则宋人笔记记载：苏轼"所与游者，亦不尽择"（叶梦得《避暑录话》），他跟人交游是不挑的，"各随其人高下"。你是个读书人，有学问，他就跟你谈高雅的东西；你这个人没学问，只是渔夫或农夫，他就跟你谈生活中的东西。"谈谐放荡，不复为畛畦。"跟人家开玩笑，不受约束，没有界限，没有一点架子。赵德麟《侯鲭录》记录了苏轼一个很有趣的故事，他在海南岛曾经背着一个大瓢，在田间一路走一路放声歌唱。（大家不妨想象一下那个画面，一个做过帝王之师的人，一个做过一方大员的人，背着个大瓢在田间一路走一路唱歌。）这时，有个邻居老太太，已经70岁了，正要去田间给儿孙送饭，碰见苏轼，便跟他开玩笑说："内翰昔日富贵，一场春梦。"你过去的富贵在今天看来就好像做了一场春梦啊。如果换了有些人，遇到这种情况，他可能就会觉得被冒犯，你看我落魄了，就看我的笑话是不是？但苏轼不这么想，而是频频点头："你说得很对呀！"于是，当地的人都叫这个老太太"春梦婆"，苏轼还把她写到了诗里："符老风情奈老何？朱颜减尽鬓丝多。投梭每困东邻女，换扇惟逢春梦婆。"这是苏轼《被酒独行，遍至子云、威、徽、先觉四黎之舍三首》中的一首。他那天喝得微醺，去找朋友玩，途中就写了三首诗。

苏轼清楚地知道，新科进士、馆阁学士、封疆大吏、帝王之师、钦定要犯、狱中死囚、陌邦迁客、南荒流人……所有这一切都只是一时一地社会赋予他的特定身份，是东坡，又不是东坡，每一个身份都无法定义自己，更无法框限自己。他也清楚地知道，政见之争、是非恩怨、得失祸福、升沉起伏，一切的一切终将在时光的长河中湮没无闻。所以当他从海南岛遇赦北归跨过琼州海峡的时候，曾写下了这样的诗句：

"云散月明谁点缀，天容海色本澄清。"

苏轼的人生，我想最后借用黄庭坚《东坡先生真赞》中的几句来总结：

"计东坡之在天下，如太仓之一稊米；至于临大节而不可夺，则与天地相终始！"

苏轼像我们每个人一样，在天地之间，只是一个渺小、短暂而脆弱的生命，就像太仓中的一粒米。但是他又远远地高于我们，他光明皎洁的人格境界、临大节而不可夺的精神节操，足以与天地相终始！

图书在版编目（CIP）数据

你好，苏东坡 / 王水照等著. -- 北京：北京联合
出版公司，2025.6. -- ISBN 978-7-5596-8424-0

Ⅰ. I267

中国国家版本馆CIP数据核字第 2025A90A94 号

你好，苏东坡

作　　者：王水照　朱刚　蒋勋　等
出 品 人：赵红仕
责任编辑：牛炜征
装帧设计：末末美书

北京联合出版公司出版
（北京市西城区德外大街 83 号楼 9 层　　100088）
三河市嘉科万达彩色印刷有限公司印刷　新华书店经销
字数 105 千字　880 毫米×1230毫米　1/32　6.625印张
2025 年 6 月第 1 版　2025 年 6 月第 1 次印刷
ISBN 978-7-5596-8424-0
定价：52.00元
